—

男捨離

鷹澤フブキ

竹書房ラブロマン文庫

目次

この作品は、竹書房ラブロマン文庫のために
書き下ろされたものです。

第一章　夢を手放す令嬢の淫らな旋律

「さあ、今日も張りきっていくわよ」

背後から勢いよく肩を叩かれた海老沢悟志《えびさわさとし》が声の主のほうを振り返ると、そこには黒いバインダーを手にした又従姉《またいとこ》の海老沢律子《りつこ》が立っていた。

「今日の一軒目は単身の鶴岡《つるおか》さまの引っ越しの見積もりよ。事前に聞いた話だと、女性のひとり暮らしでピアノがあるっていうの。もしかしたら、なにか買い取れるものがあるかも知れないから、わたしも一緒に行くわね」

今日訪問する予定の客の名前や住所などが記されたバインダーを手に、グレーのパンツスーツに身を固めた律子は胸算用をするように両の口角《こうかく》をわずかにあげた。

二十一歳の悟志は親族が経営する、様々な雑事の代行業務を行う会社で働いている。

一口に代行業務といっても、その内容は多岐にわたる。

大がかりではない家屋の修繕《しゅうぜん》や補修。水回りのトラブル。台所や浴室などの清掃や庭の手入れ。引っ越しや家具の移動。数えあげればきりがない。まさに便利屋という呼び名がぴったりだろう。

特に最近増えてきたのが不用品の片付けだ。その中には所有者にとっては不要でもリサイクルをすれば需要があるものもあるし、着物や宝飾品、骨董品などの価値があるものもある。

そのために不用品の片付けや引っ越しの見積もりの際には、買い取りの交渉ができるように古物商の免許を持っている律子の存在が欠かせない。買い取ったものは自社が運営するリサイクルショップで販売するので、まさに一石二鳥といえるだろう。

また、電気工事などの資格が必要な依頼については、その資格を持っている親族が担当するので、さまざまな依頼にも対応できるようになっている。

悟志自身も将来は電気工事などができるように、資格を持っている親族の下で見習いとして働いているところだ。しかしながら、いまは資格がなくてもできる不用品の片付けや引っ越しなどに伴《ともな》う梱包作業が主な仕事となっている。

指定されたのは高級感が漂《ただよ》うマンションだった。エントランスはオートロックになっていて、住人か招かれた人間しか入れないようになっている。行く手を阻《はば》むように設置された透明な厚いガラスの扉は、まるで厳《いか》つい門番みたいだ。

律子がインターホンの部屋番号を押すと、待ち構えていたかのように女の声で、

「はい、どちらさまですか？」

と返答があった。よく通る声はどことなく品のよさを漂わせる。声の感じから察するに、二十代後半から三十代前半だろうか。

不思議なものでこの仕事を始めてから、相手の第一声でその人となりがうっすらと感じられるようになった。

インターホンの向こう側から訝《いぶか》しそうにこちらの反応を窺《うかが》うような声の主は、実際に会ってもそれとなく猜疑心を含《ふく》んだ視線を向けてくる。

こちらは客なんだと言いたげな高圧的な声の主は、終始上から目線でクレームのつけ所を探すように偉そうな態度を崩さない。

いくら仕事だと割り切ってはいても、疑いの目を向けられるのは決して気持ちがいいものではないし、ましてやこちらの些細《ささい》な言動にさえ目を光らせているような相手だと、常に気持ちを張りつめていなくてはならない。

漠然としたものでしかないが、インターホンの向こう側にいる相手からは不穏な気配は伝わってこないことに、悟志は安堵を覚えた。

オートロックをすり抜け、エレベーターに乗り込み上階を目指す。部屋のインター

ホンを鳴らすと、エントランスで聞いたのと同じ声が聞こえ、ガチャリと外開きのドアが開いた。

現れたのは艶々《つやつや》とした長い黒髪が印象的な女だった。オートロック越しに聞こえた声から予想したとおり、年の頃は二十代後半だろう。

眉毛にかかる辺りで綺麗《きれい》に切り揃えられた前髪の下からのぞく、切れ長の瞳とすっと通った鼻筋。ぽってりとした小さめの唇は、控えめなピンク色のルージュで彩《いろど》られていた。

長い黒髪は両サイドを後頭部でまとめている。妙齢の肢体を包んでいるのは、ロング丈《たけ》の生成《きな》りのふんわりとした素材のワンピースだ。いまどきっぽくない髪形とファッションが、彼女の周囲に楚々《そそ》とした雰囲気を漂わせている。

「海老沢商会の海老沢律子です」

交渉役として百戦錬磨《ひやくせんれんま》の律子は、自身の携帯番号も併記された名刺を恭《うやうや》しく差し出した。女は手渡された顔写真入りの名刺と律子の顔を見比べると安心したように、

「わざわざお越しいただいて恐縮です。鶴岡深雪《みゆき》です。さっ、どうぞ、あがってください」

とスリッパを並べて悟志たちを部屋に招き入れた。女性客からの依頼が多いのは、

同性の律子が見積もりなどに立ち会っていることも関係しているに違いない。

　悟志よりも十五歳上の律子は恰幅《かっぷく》がよく、どことなく肝《きも》っ玉母さんのような風情を醸《かも》し出している。見るからに頼りがいがありそうな律子がいることで、女性客は安心感を覚えるのだろう。

　興味本位の視線を向けてはいけないと思いながらも、女のひとり暮らしだと聞くと好奇心を禁じ得ない。悟志は視線だけを左右に小さく振って、さりげなく室内を見回した。

　リビングダイニングとキッチン、寝室がわかれている室内はひとり暮らしには少々贅沢に思える1LDKだ。広めの寝室にはアップライトピアノが置かれていた。

　アップライトピアノはグランドピアノよりもコンパクトなサイズのピアノだ。

「お電話で伺《うかが》いましたが、こちらのピアノの移動だけは専門の業者にご依頼されるんですよね」

「ええ、音楽大学に進学することになったときに、父がこの部屋の賃貸契約をしてくれたんです。ピアノなどの楽器の音って響くので、近隣とのトラブルも多いらしくて。このマンション自体は分譲なのですが、持ち主が音楽関係だったこともあって防音工事が行われているんです。でも色々なことがあって、実家に戻ることになって……」

事前に聞いていた情報が記されたバインダーを手に、律子は作業の内容を確認している。依頼には極力対応することを旨《むね》としているが、さすがに繊細な作業が必要なこともあり、ピアノの移動だけは請け負うことができない。

あとあと面倒なトラブルが起きないように、律子は室内を入念にチェックしている。様々なケースがある引っ越し作業においては、家財道具などの数などによってトラックの大きさも変わるので重要な作業のひとつだ。

リビングダイニングと寝室は、ベランダに臨むような形で横並びになっている。

そのときだった。悟志の視界に半分だけ開いた白いレースのカーテンの隙間から、ベランダに干された下着が風でわずかに揺れているのが目に飛びこんできた。

下着といっても、そのまま干してあるのではない。周囲からは見えないように、下着を囲むようにピンチで留めた青いバスタオルですっぽりと覆《おお》い隠している。下着が見えるのは、室内からだけになっていた。そんなところがなんとも奥ゆかしく思えた。

これ見よがしに見せつけられるよりも、なにかの弾《はず》みで見えてしまうほうが男心をざわつかせる。

目に鮮やかな純白のブラジャーとショーツが刺激的だ。風に揺れているのは白いブラジャーとショーツだけではなかった。

サクランボのようなピンク色やペールブルーのブラジャーとショーツのセットも、風にゆらゆらとたなびいている。

青いバスタオルとパステルカラーの下着の色合いのコントラストが実に見事で、隣に律子がいなければ気づかれないように、ちらちらと盗み見ていたくなる。

それはビキニの水着を連想させるような面積が少ない扇情的なデザインではなく、乳房や臀部のふくらみをきちんと覆い隠せるような品のよさを滲《にじ》ませるものだった。

繊細なレースや刺繍《ししゅう》などから高級感が漂っているが、あからさまに異性を挑発するようなデザインではないことが、逆に男の妄想をたくましくさせた。

悟志の好奇心を一番引き寄せたのは、女体を覆い隠すようなミニ丈のつるつるとしたリテン生地のスリップだった。

アダルトビデオなどで見たことはあっても、身近な人間でそのような小洒落たスリップを身に着ける女はいなかった。ふっくらとした胸元や丸い尻を、艶《あで》やかなサテン生地が包み込むことを妄想するだけで心が躍る。

悟志はややもすれば乱れそうになる息遣いを気取られぬように、深呼吸を重ねながら懸命に素知らぬ顔を装《よそお》った。

目の前で風に舞うように揺れるランジェリーが悟志の心を切なく締めつけ、下半身を熱くさせる。そうかといって欲望の赴くままに、依頼客《クライアント》の下着を手に取ったりすることなど絶対にできるはずもない。

この場には十五歳年上の又従姉もいるのだ。ひらひらと揺れるランジェリーに、心身を熱くしていることを悟られるわけにはいかない。

思えば、悟志は恋愛に対しては経験が豊富なほうではなかった。童貞ではないが、交際したといえる女の数は片手の指で足りるほどだ。

「ピアノは大切なものですから、専門の業者に御見積もりや御手配をしていただければと思います。それ以外のものについては、ここにいる海老沢悟志が責任を持って梱包などの作業をお手伝いをさせていただきたいと思っております。弊社では一番の若手ですが、そのぶん体力には自信があります。お引っ越しの際に、高い場所にしまっておいたものもあるかと思います。ピアノを弾《ひ》かれるとのことなので、指先などのお怪我は避けなくてはいけませんものね。御見積もりをしますので、疑問やご希望があればご遠慮なく仰《おつしや》っていただければと思います。もちろん、他社でも御見積もりなさるのであれば、それに負けないようにしっかりとお勉強をさせていただきます。さっ、名刺をお渡しして」

律子に促《うなが》されるままに、悟志は名刺を手渡した。律子の名刺とは違い、顔写真などは記載されていない。

「海老沢……悟志さんですね。いまはピアノの家庭教師をしているので、名刺とかはないのですけれど……」

深雪が住んでいるのは、分譲タイプのマンションに防音設備を設けた部屋だ。防音設備が整っている部屋を借りたのも、彼女の父親の計らいだったのだろう。

寝室にはアップライトピアノ。リビングの壁沿いに並ぶ本棚には、楽譜を含めた資料や書籍類がずらりと並んでいる。

これだけでも深雪がお嬢さまだということがそれとなく伝わってくる。平静でいなければと思いながらも、悟志は心がときめくのを禁じ得なかった。

「もしもよかったらなのですが、お引っ越しを機になにか処分をされるものがありましたら、お買い取りをさせていただけないでしょうか。家財道具だけではなくて、ブランド品やアクセサリーなどで要らなくなったものなどがございましたら、是非とも弊社にお譲り願えませんか？」

「買い取りと言われても、家財道具を含めてそんなものはなくて……」

深雪は少し困惑の色を浮かべた。ときおり、助けを求めるような視線を投げかけてくる。

しかし、この場で律子に対して意見することは躊躇《ためら》われる。それはどうしようもないことだった。しかし、深雪に対して肩入れする気持ちは確実に伝わるのだろう。悟志は彼女から投げかけられる、どこか心細げな視線を感じていた。

落ち着きなく室内を見回す悟志を尻目に、律子は1ＬＤＫの室内をさりげなく物色しているが、買い取りができるようなものは見当たらなかったらしい。

律子は確認を済ませると、バインダーの画面に落としていた視線をあげた。

「ピアノに関しては、専門の業者にご依頼をするということですね。お譲りしていただけるものも特にないということなので、あとは担当を梱包などを受け持つ者に任せようと思うのですが、いかがでしょうか？　御見積もりはこのくらいの金額でいかがでしょう？　弊社では明朗会計《めいろうかいけい》を旨としておりまして、追加料金などは一切いただいておりません。もちろん、相見積《あいみつ》もりを取っていただいて、ご納得をいただいた上で結構です。今日のところは、わたしはこれで失礼させていただきます。なにかございましたら、ご遠慮なくこちらの海老沢にお申しつけください。ご連絡をいただければ、迅速に対応させていただきます」

律子は立て板に水のように、いっきに畳みかけた。

「あっ、はい、そうですね。色々と検討した上でご連絡を差しあげます」

「ええ、引っ越し作業については料金を含めて、精いっぱい頑張らせていただきます。何卒よろしくお願いいたします」

律子に合わせるように、悟志も深々と頭をさげた。垂《た》れていた頭をすっとあげると律子は、

「それでは、わたしはこれで。あとの細かいことについてはこちらの海老沢にご相談ください」

と、今後のことは悟志に任せるというように立ち去った。

律子の本来の役目は新規の顧客への挨拶を兼ねた見積もりと買い取り業務であることからも、これは日常的な作業手順だ。

室内に残されたのは悟志と深雪のふたりだけになった。

「引っ越しってずいぶんと久しぶりなので、なんだか緊張しちゃいました」

ふたりっきりになったことで、深雪は安堵の表情を浮かべた。多少押しが強い律子に圧倒されていたようだ。

「だけどすごいですね。音楽を仕事にしているなんて。僕は楽器とかはまったく疎《うと》いので尊敬してしまいますよ」

「それほど大したことではないんです。父や母が熱心だったので、わたしは敷かれたレールに乗っていただけなんです。高校も音楽系の学校だったし、そのまま音楽大学に進学したんです。もちろんピアノは嫌いではないんですけれど、大学に入った頃からなんだか違うような気がして……」

「えっ、そうなんですか？」

「いつの頃からか、自分で作った曲を自分で弾いて歌ってみたいと思うようになって。そうかといって、ギターみたいに路上ライブをするような演奏もできるタイプではなくて。今は駅前にあるピアノバーで週に二回ほど演奏をさせてもらっているんです。わたしにとっては路上ライブの代わりに、自分の歌やピアノを発表する場なんです」

「へえ、ピアノバーですか？　僕なんて授業で習ったハーモニカもろくに吹けないくらいです。人前で演奏をするってすごいですね」

「本当ですか。もしよかったら、一度聴きにいらっしゃいますか。これ、割引券なんですけれど……」

そう言うと、深雪はリビングの引き出しに入っていた割引券を一枚差し出した。割引券には、通りすぎたことはあったが、一度も足を踏み入れたことがない店の名前が記されていた。券には出演する曜日と時間に印がつけてあった。

「深雪さんって、ここで演奏をしているんですか。時間が合えば、是非お店に行きますね」

「本当ですか。聴きに来てくれたら嬉しいわ。でも、それも今週で最後なんです」

深雪は整った顔をほころばせると、感極まったという感じで劵を摑《つか》んだ悟志の手を握り締めた。しっとりと吸いついてくるような手のひらの感触に、悟志は短い驚きの声を洩らした。悟志の焦《あせ》りように、深雪は慌てて手を離す。

「あっ、いやだっ、ごめんなさい。わたしったら、つい舞いあがっちゃって。客席に知っている人がいるっていうだけで、いつもよりも気合いが入るんです」

「そっ、そういうものなんですか。僕ってそういうことは全然知らなくて」

軽く手が触れただけだというのに、鼓動が高鳴る。これではまるで恋愛に免疫がない中学生みたいだ。乱れる胸の内を悟られないように、悟志はポーカーフェイスを装った。


他の業者を圧倒するような律子の営業が功を奏したのか、深雪の引っ越し作業は悟志の会社に任されることになった。

深雪の部屋に見積もりに訪れた三日後、悟志は彼女が演奏をしているというピアノバーが入った雑居ビルに向かった。一階には居酒屋が入り、それよりも上の階は女性が接客をするラウンジやスナックなどが入っている。

深雪のバイト先のピアノバーは地階にあった。スナックなどの派手なネオンとは違い、店頭に掲げられた看板も白と黒を基調にした落ち着いたデザインだ。

看板に誘われるままに階段を降りていくと、木製の扉が悟志を出迎えた。扉を開けると、まずカウンター席が目に飛び込んできた。

カウンター席以外にソファー席も幾つか設けられている。その奥にはステージがあり、アップライトピアノも設置されていた。

悟志はカウンター席に腰をおろすと、ハイボールを注文した。カウンターの中で接客をしているのは、この店のオーナーだと思われる初老の男女だけだ。かすかに流れるBGMが心地よい。ライブのスタート時間に合わせて、客が集まりはじめる。

しばらくすると、BGMが止まった。店の奥から現れたのは、夜空を思わせるほどに深いブルーのワンピースを身にまとった深雪だった。

ウエスト辺りまで伸ばした長いストレートの黒髪は、後頭部で緩《ゆる》やかにまとめている。彼女の自宅で会ったときには目元にはうっすらとアイシャドウを塗《ぬ》っていただけだったが、今夜は切れ長の瞳を強調するようにアイラインとマスカラもつけている。

口元を彩るルージュも今夜は華《はな》やかな印象だ。女というのは、服装とメイクだけでこんなにも変わるものかと感嘆の吐息が洩れてしまう。

カウンター席に座っている悟志に気づくと、深雪は小さく右手をあげて微笑《ほほえ》みかけてきた。転居の日は迫ってきている。こうしてこの店でピアノを弾くのもあとわずかだろう。

それがわかっているだけに、すっと背筋を伸ばしてピアノに向かう深雪の身体からは、そこはかとない緊張感が滲んでいた。

ポロンッ……。ピアノの音が鳴り響いた瞬間、明らかに店の空気が変わった。まずはスローテンポの曲からはじまり、少しずつアップテンポの曲で店内の雰囲気を盛り上げていく。それほど音楽には詳しくはない悟志だが、どこか懐かしさを感じる曲ばかりだ。

五曲ほど演奏したところで、ピアノの音が鳴り止《や》んだ。しかし、深雪は席を立とうとはしない。ピアノに対峙《たいじ》したまま、大きく息を吸い込むと再びピアノが音を奏《かな》でた。

今までは演奏だけだったが、今度はピアノに合わせて深雪が歌っている。聴いたことがない曲は、おそらくは彼女のオリジナルの曲なのだろう。深雪が路上ライブの代わりだと笑っていた意味がわかった気がした。

うなじの辺りや鼓膜をやんわりとくすぐる甘やかな声に、思わず目を閉じて聞き入ってしまう。歌詞は激しくはないが、恋い慕《した》う相手への思いを綴《つづ》ったものだった。

この歌は誰かに対しての思いを歌ったものなのだろうか。そう思うと、不思議なことにかすかな嫉妬心を覚えてしまう。それほど、深雪の歌声と演奏は胸に響いてくる。

演奏が終わる頃には、三杯目のハイボールが空になっていた。

深雪が間もなく店を辞めることを常連客も知っているのだろう。花束を抱えて深雪のトに駆け寄る客を尻目に、悟志はほんの少し名残《なご》り惜しさを感じながら店を後にした。


梱包作業を行う日、悟志は段ボールや梱包資材を持って深雪の部屋を訪ねた。引っ越し作業は大き目の家具や家電製品は養生《ようじょう》を施《ほどこ》してそのまま搬出や搬入を行うが、細々《こまごま》とした引き出しの小物類などは段ボールに詰め込み作業を行う。

実はこの梱包作業がなかなか大変で、業者に依頼するケースが増えている。前もって梱包を済ませておけば、引っ越しの当日は荷物を詰め込んだ段ボールや家具などの搬出や搬入を行うだけだからだ。

今日の深雪は小花模様の淡いピンク色のチュニックブラウスとくるぶし丈の黒いフ

レアースカート姿で、悟志を招き入れた。長い黒髪は邪魔にならないようにと、後頭部で三つ編みにして垂らしている。

「この間はごめんなさいね。せっかく来てくださったのに、ちゃんとお話もできなくて」

「いや、たっぷりと演奏を堪能《たんのう》させてもらいました。ライブやコンサートは初めてだったんですが、なんだか感動しました」

「わあ、そんなふうに言ってもらえると嬉しいわ。お引っ越しもあるでしょう。だから、あの日が最後の演奏だったの」

「じゃあ、最後のライブに立ち会えた僕は、とってもラッキーだったってことですね」

ピアノバーの割引券を渡したものの、悟志が本当に来るかは半信半疑だったようだ。演奏を聴きに来てくれたということで、深雪は悟志に対して親近感を抱いているように思えた。

「じゃあ、はじめましょうか。大きな家具類は引っ越し当日に別のスタッフが養生作業を行いますから、僕は細々としたものを段ボールに詰めますね。用品ごとにまとめて詰めて、マジックで箱に品目を書いたりしますから、指示をしてください」

「ええ、わかりました。では、リビングからお願いできますか？」

ふたりはリビングに置かれた段ボールに、家財道具などを詰め込んでいく。安全面を考えて、踏み台を使わなくてはならないシンクの上の戸棚の中に収容された調理器具や皿などは悟志が受け持った。

高い場所に備えつけられた戸棚の中を片付けると、シンクの下の扉を開けて鍋などを段ボールに入れていく。

リビングの床の上に横座りになった深雪は、クローゼットの中にしまい込んでいたアルバムなどを片付けている。音楽を続けているからだろうか、ライブなどの音源を収めたと思われるＣＤが大量にあった。

几帳面な性格らしく、ＣＤには日時や場所などが女らしい丸みを帯びた文字で書き記されている。

「あっ、懐かしいわ。こんなところに入っていたのね」

深雪はときおり手を止めては、アルバムに収められた写真などに見入っている。楽しかったであろう日々に思いを馳せる表情と軽やかな声は、まるで少女みたいだ。

「そういえば、この間の最後のほうの曲は深雪さんのオリジナルなんですか？」

「そうなの、なんだか恥ずかしいわ。実は本気でプロの歌手になりたいなんて思っていた時期もあって、何度かコンクールにもエントリーをしたことがあったのよ。いいところまでは行くんだけれど、なかなか入賞はできなくて……」

「そうだったんですか」

「路上ライブから火が点《つ》くなんて話もあるけれど、ピアノじゃなかなか難しいわよね。ギターみたいにひょいっと担いで移動なんてできやしないもの」

深雪は寂《さび》しそうに呟いた。

「でも、本当に素敵でしたよ。特に透きとおるような声が素敵で聴き入ってしまいましたよ」

「そんなふうに言われると照れてしまうわ。だけど……」

「えっ……」

「両親からはいつまでもそんな夢なんか追いかけていないで、地に足をつけた生活をしなさいって言われ続けてきたの。もちろん、ちゃんとお仕事はしているのよ。大学を卒業してからは、ピアノの講師で生計を立ててきたの」

「だったら、どうして？」

「わたしはひとり娘だから手元に置いておきたいというのもあるんでしょうね。実際に大学に行くために上京したいと言ったときだって大変だったのよ。だから、大学を卒業したら実家に戻るっていう約束をして上京したの。でも、歌手になりたいって夢を叶《かな》えたくて、いままで我《わ》が儘《まま》を通してきたの」

「ひとり娘さんだったら、心配する親御さんの気持ちもわかりますよ」

「そうね、だから両親から三十歳までにはけじめをつけろって言われたの。それまでにデビューできなかったら、実家に戻ってこいって。大学時代に教員免許を取っておいたから、地元に戻っても講師としての働き口は見つかりそうなの」

「そういう事情があったんですね」

「実はね、来月で三十歳になるのよ。親との約束もあるし、そろそろ潮時かなって……」

そんな言葉を口にした深雪の表情は切なさに溢《あふ》れていた。諦めなくてはいけないけれど諦めきれない。そんな感情がひしひしと伝わってくる。

「大丈夫《だいじょうぶ》ですよ。いまはネットの投稿映像でヒットが出たりするじゃないですか。ピアノでは路上ライブはできないかも知れないけれど、映像をアップすることはできるんじゃないですか」

「あっ、ありがとう。そんなこと考えたこともなかったわ。なんだか勇気が出るわ」

ピアノバーで演奏をしていた深雪の姿には凛《りん》とした美しさが漂っていたが、いまは三十路《みそじ》という年齢を前にして思い悩む女の弱さが感じられた。

そのどちらもいまの深雪のありのままの姿なのだ。別人と見間違うようなギャップを目の当《ま》たり《あ》にして、悟志は心臓がどくんと大きな音を立てるのを感じた。

「これはまだ大学に入りたての頃の写真ね。この頃は頑張れば、どんな願いだって叶うって信じていたのよね」

アルバムをめくっていた深雪が手を止めた。まるで夢に向かって輝いていた頃の自分を見て欲しいと訴えているみたいだ。

「本当だ。なんだかずいぶんと初々《ういうい》しい感じがしますね」

リビングに膝をついてアルバムをのぞき込んだ悟志の言葉に、

「あら、そんなふうに言われると、いまは初々しさはないみたいじゃない」

と深雪が拗《す》ねたように唇を尖らせてみせた。艶感を抑《おさ》えたマットなルージュの色合い。秋桜の花のような濃すぎないピンク色のルージュが、形のよい唇に色香を添えている。

「そういう意味じゃなくて……」

「だったら、どういう意味？」

深雪は悪戯《いたずら》っぽい笑顔を浮かべると、こちらに向かって身体を乗り出してきた。距離が縮まったことでかすかにフローラル系の香りが漂ってくる。香水のような強い香りではない。おそらくは長い髪から漂うシャンプーの残り香だろう。

思わず鼻を鳴らして、鼻腔を刺激する心地よい香りを吸い込みたくなってしまう。悟志はゆっくりと胸の底深く息を吸い込んだ。悟志の次の言葉を探るような深雪の視線を感じる。

「いまは初々しいっていうよりも、オトナの女性って感じがします」

我ながら少々陳腐とも思えるような台詞《せりふ》を言ってしまった後で、悟志はしまったというように焦りの色を浮かべた。

最近はなにかといえばセクハラだ、コンプライアンスだと喧《やかま》しい。よかれと思った褒め言葉も、相手の受け止めかたひとつでセクハラだと言われかねない。

「あっ、その……」

慌てて言い訳をしようとする悟志の態度に、深雪はくすりと笑ってみせた。

「いまさら初々しいなんて言われたら、いかにも嘘っぽいもの。オトナの女性なんて言われると少し気恥ずかしい気もするけれど、イヤな気はしないわ」

深雪は真《ま》っ直《す》ぐな視線で悟志を見つめた。黒髪と同じく虹彩《こうさい》も黒味が強く、くっきりとしている。

まじまじと注視されると、なんだか急に照れくささを感じてしまう。そうかといって、男のほうから視線を逸《そ》らすのも癪《しゃく》に思えた。考えてみれば、深雪との距離は五十センチほどだ。

満員電車でもない限り、親しい女性以外とこんなにも近い距離になることはない。仕事とはいえ、この部屋にはふたりっきりだ。妙齢の女性との距離感の際どさに、胸が昂《たか》ぶらないといったら嘘になる。

しかし、前のめりになった深雪が後ずさりをすることはなかった。それどころか、視線を逸らそうとさえしない。やがて、深雪はゆっくりとまぶたを伏せた。

黒目がちな瞳にばかり気を取られてしまうが、密度が濃いまつ毛も綺麗なカールを描いている。そのまつ毛がわずかに上下に震えている。


こっ、これって……。


悟志は無意識のうちに、喉仏《のどぼとけ》が上下に動くのを覚えた。初体験は大学時代にはじめて付き合った彼女と済ませている。

社会人になった後に付き合った彼女も何人かはいたが、些細なことで別れてしまった。交際期間は三カ月から六カ月程度で長く付き合ったことはない。

それを考えれば、年齢の割りに恋愛経験が豊富なほうではないだろう。

「ねえ、キスして……みて……」

深雪は伏せていたまぶたをゆっくりと開いた。視線が交錯する。

「大学生の頃かしら。発展家の女友達に、あなたの歌には情念が足りないって言われたことがあったの。愛だ恋だって歌っていても、うわべを撫でているだけだから、心に響かないんだって。言われてみれば確かにそうなのかも知れないわ。両親がうるさかったから、なにごとに対してもどこか臆病なところがあるの。それは恋愛も同じよ。もちろん、お付き合いをした男性《ひと》だっていたし、処女《ヴァージン》ってわけでもないけれど……」

「だっ、だからって……。どうして僕と……」

「そうね……夢を諦めて、親のところに帰るふんぎりが欲しいのかも知れない……。歌に込める情念は持てなかったけれど、これまでのわたしを、ここで脱ぎ捨てさせてくれる……？」

そう言うと、深雪は再びまぶたを伏せた。かすかに震えるまつ毛とふっくらとした唇は、まるで蝶を誘う可憐な花みたいだ。唇からわずかに洩れる乱れた息遣いが、彼女の決意を表している。

ここまでされて拒める男がいるだろうか。悟志は大きく深呼吸をすると、ふっくらとした唇に己の唇を重ねた。

唇の表面が重なる軽いタッチの口づけだ。ほんの少しだけ開いた深雪の唇の隙間から、男とは違う甘みを帯びた吐息がこぼれ落ちてくる。

「はあっ……」

悩ましい声を洩らしたのは、深雪が先だった。胸の奥から押し寄せてくる息苦しさに耐えられなくなったように、小さく息を吸い込むとほぼ同時にルージュで彩られた唇をゆっくりと開いた。

まるで男の舌先をねだっているようなしどけない仕草だ。悟志は胸の奥で必死で押さえつけていたなにかが、ぷつっと音を立てて外れるのを覚えた。

悟志は深雪の顎先を右手で捉えると、離れかけた唇をもう一度重ねた。

「ああんっ……」

深雪の唇から溢れた吐息ごと、唇でがっちりと受けとめる。自らキスをねだったというのに、彼女は唇を小さく震わせていた。

間もなく三十路を迎えるというのに、恋も知らない小娘のように揺れ動く胸の内を隠せずにいるさまが、いかにも育ちがいいお嬢さまという感じだ。

「ちゃんと口を開いて、舌を出して」

「あんっ、そんな……」

深雪の口元からくぐもった声が洩れた瞬間を狙うように、悟志は舌先に力を込めると、柔らかな唇を少し強引にこじ開けた。

やや首を傾《かたむ》け、互いの唇が斜《はす》に重なるように口づけをする。今度は唇の表面を重ねるだけのあどけなさを感じるキスではなかった。

悟志の舌先が深雪の唇の中に潜り込むと、彼女の舌先は怯《おび》えたように喉の奥へと逃げていく。本当に拒もうと思えば、幾らでも悟志の唇から逃れることができるはずだ。それが悟志を強気にさせた。

こじ入れた舌の付け根に力を込めて、軟体動物のように柔らかな舌先にやや荒っぽく絡《から》みつかせる。

音を立てるようにずずっと吸いあげると、深雪は切なげに眉間に皺《しわ》を刻んだ。

「あっ、ああんっ……」

深雪が悩ましい吐息を洩らすと、躊躇うような動きをみせていた舌先から力が抜けていくのがわかった。キスが熱を帯びると同時に、ふたりの身体も少しずつ近づいていく。

ちゅっ、ちゅぷっ、ちゅるるっ……。

リビングの中に、互いの銀色の唾液《だえき》をすすり合う湿った音が響きわたる。横座りになっていた深雪は身体を預けるように、悟志の胸元に右手をついた。悟志はしなだれかかってきた深雪の肢体を左手でそっと支えた。

互いに十代の子供ではない。ここまで来てしまったら、どうなるのかは十分すぎるほどにわかっているはずだ。

唇を重ねたまま、ふたりは互いの背中に手を回し、遠慮がちに身体を寄せ合った。男と女では明らかに骨格も身体の柔らかさも違う。衣服越しでもそれは確実に伝わってくる。

身体の柔らかさだけではなく、温もりも確かめたくてたまらなくなる。そうかといって相手はあくまでも依頼人《クライアント》だ。最初にキスをせがんだのは深雪だとはいえ、悟志のほうから積極的に行動を起こすことは躊躇われる。

「はあっ、男の人の身体って……あったかいっ……」

深雪は甘えるような声で囁いた。悟志の胸元についていた右手はいつしか背中に回り、逃がさないと訴えるみたいに絡みついてきた。まるで溺れる者が必死でしがみついてくるみたいだ。

悟志には、その手を邪険に振り払うことなどできはしなかった。重ねた胸元に感じる異性の体温に、心がかき乱されているのは悟志だって同じだ。

深雪の息遣いに合わせるように、小花模様のチュニックブラウスに包まれた胸元が上下する。柔らかでいて弾力《だんりょく》に富んだ蠱惑的《こわくてき》なふくらみは、まるで目の前の男を誘惑しているみたいだ。

本能に駆られるように、悟志は右手を少しずつ乳丘へと忍ばせた。下側から触れたことで、指先にずしりとした重量感を感じる。

身体の曲線を際立《きわだ》たせない、ふんわりとしたラインの衣服を身にまとっていたので気がつかなかったが、優にDカップはあるだろう。男の手のひらに収まりきらない大きさだ。

指先を押し返すふくらみを味わうように、そっと指先を食い込ませる。ブラジャー越しに触れるのはもどかしさを覚えたが、いきなりブラウスの裾をめくりあげるのは、がっついているように思えて二の足を踏んでしまう。

悟志は魅力的な乳房を下から支え持ちながら、ブラジャーの上から指先を食い込ませる。こんもりとしたふくらみを指先でくりくりと刺激していると、ブラジャーの中に小さな変化を感じた。

「乳首が硬くなっていますよ」

「あっ、そんな……恥ずかしいわ。だって、悪戯されたら、感じてしまうもの」

深雪は頭を振りながら恥じらいを口にした。たわわに熟《う》れた乳房と、初心《うぶ》な反応のギャップがたまらない。

「僕だって、僕だって感じてますよ」

「うっ、嘘……」

「嘘じゃないですよ。だったら、確かめてみますか？」

そう言うと、悟志は深雪の右の手首をぎゅっと摑むと、自らの下腹へと導いた。

「あっ……」

キスの余韻が残り、淫猥《いんわい》に濡れた深雪の唇から小さな驚きの声があがる。ピアノの鍵盤を叩くしなやかな指先が、ズボンを押しあげる屹立《きつりつ》の上で狼狽《うろた》えるようにかすかに蠢《うごめ》いた。

「僕のだって、こんなになっちゃってますよ」

どうしていいのかわからないと言いたげな細い指先を、悟志は牡《おす》の猛りにぎゅっと押しつけた。

「本当だわっ、こんなになっちゃってるっ……。こんなに硬くなっちゃうなんて、男の人の身体って本当に不思議だわ」

悟志の手の下で、深雪の指先がペニスに遠慮がちに食い込んだ。悟志自身、思春期を迎えた頃は、骨が入っているわけでもないのにがちがちに硬くなる男根が不思議でならなかった。

処女ではないと打ち明けたが、見るからにお嬢さま然とした深雪は男性経験が豊富とは思えない。男の身体の変化が不思議でならないのだろう。その形や硬さを確かめるように、そっと撫で回している。

鍵盤に向かうときよりも、その指使いははるかに繊細に思えた。お嬢さまが触れていると思うと、ペニスはますます硬くなるいっぽうで、制服のズボンの生地を窮屈《きゆうくつ》そうに押しあげている。

ファスナーで押さえられているが、ポジションが悪いせいか軽い痛みさえ感じる。

「深雪さんが触ってるから、硬くなりすぎて苦しいくらいですよ」

「えっ、そんな……苦しいって」

「ズボンで押さえつけられて、折れちゃいそうですよ」

わざと大袈裟《おおげさ》に言うと、深雪は心配そうに目を瞬《また》かせた。その瞳は性的な好奇心にきらきらと輝いて見える。

「このままじゃ、チ×ポがおかしくなっちゃいますよ」

その言葉に深雪は心配そうな表情を浮かべた。ピアノの腕は確かでも、異性の心身には疎いのが見てとれる。悟志はううっと苦しそうな声を洩らすと、腰を揺さぶりながらズボンのベルトを外した。

ベルトだけではなく、怒張を無理やり押さえつけているファスナーをおろすと、トランクスの中で下向きのまま膨張《ぼうちょう》していたペニスが嬉しそうにぴくりと蠢いた。

些細なことにいちいち感動を露《あら》わにするお嬢さまを相手に、ひとりだけ下半身を晒《さら》すのはさすがに躊躇われた。

悟志は照れくささを隠すように深雪の唇にキスをすると、チュニックブラウスの裾に手をかけた。それをするりとたくしあげると、色白の素肌ではなくピンク色の薄衣が現れた。

思わず、あっという驚嘆の声が迸《ほとばし》りそうになるのを堪《こら》える。コーラルピンクのつるつるとしたインナーは、見積もりのときにベランダで目にしたスリップに違いない。

悟志が付き合った女たちは皆、セットになったブラジャーとショーツを身に着けていた。それらはレースや刺繍があしらわれた洒落たデザインだったが、スリップを着けていた女は誰ひとりとしていなかった。

艶々としたスリップの生地が、しっとりと水分を孕《はら》んだ素肌をいっそう官能的に見せている。

「なんだかすっごく色っぽいです」

言うなり、悟志はチュニックブラウスの裾を両手で掴み、ずるりとめくりあげて首から引き抜いた。

これで深雪は上半身にはブラジャーとスリップ、下半身にはスカートとソックスを着けた姿になった。

「ああん、恥ずかしいわ」

深雪は乳房のふくらみを隠すように、胸元で両手を交差させた。それによって、熟れた双乳の谷間がいっそう強調される。ブラジャーを覆い隠すように重なるスリップの質感が、悟志の目にはとても新鮮に映った。

ブラジャーとスリップの肩紐が、きゅっと浮かびあがった鎖骨《さこつ》のラインや肩の細さを強調するみたいだ。

悟志は高価な掛け軸でも扱《あつか》うかのように、スリップをそっと指先でなぞった。化繊特有の薄い布地は、まるで蜉蝣《かげろう》の羽根みたいに繊細に思える。乱暴に扱ったら破れてしまいそうな生地を、悟志は愛《いと》おしげに撫で回した。

スリップの感触を味わいながら、くっきりと刻まれた胸の谷間に顔を埋める。肌に吸いつくような柔肌に両頰《りょうほお》をなすりつけると、深雪は幼い子をあやすみたいに後頭部を優しくかき抱いた。

悟志も深雪の背後に手を回し、見事に実った乳房を包んでいるブラジャーの後ろホックをぷちんと外した。留め具を失ったブラジャーが肩先からこぼれ落ちる。悟志は深雪の身体からブラジャーだけを剝《は》ぎ取《と》った。

そのままスカートの後ろホックを外し、ファスナーも引きおろすと、スカートとソックスも下半身から奪い取った。

深雪は膝よりも少し短い丈のスリップ姿になった。ピンク色のスリップからかすかに透けて見える下腹部に着けているのは、同系色のショーツだけだ。

「もうっ、ひとりだけこんな恰好なんて恥ずかしいわ」

深雪はキメの細かい頰をわずかにふくらませて抗議めいた言葉を口にしたが、うっすらと水気を孕んだ眼差しからも本気の抗《あらが》いとは思えない。

「深雪さんだけを裸にはしませんよ」

悟志は深雪の頰を右手の人差し指で軽く突っつくと、身に着けていた制服のジャケットとインナーシャツとズボン、ソックスを忙《せわ》しなく脱ぎ捨てた。フロント部分がこんもりと盛りあがったトランクスにかけた指先に熱っぽい視線を感じる。

「ここが気になりますか？」

悟志の問いに、深雪は小さく頷《うなず》いた。指先に感じた男の逞《たくま》しさを、その目で直接確かめたくてたまらないのだろう。

トランクスを引きおろし一糸まとわぬ姿になると、深雪はほぅーっと感嘆の吐息を洩らし、大きく見開いた瞳でペニスを凝視した。妙齢の女の視線に唆《そその》かされるみたいに、桃のようにぷりっと割れた鈴口から粘り気のある液体が噴きこぼれる。

本当ならば威《い》きり勃《た》った屹立を深雪の前に突き出して、愛らしい口元で愛撫をして欲しくてたまらない。しかし、いきなりそんなことをねだったら、性に目覚めたばかりの青臭いガキみたいと馬鹿にされてしまいそうだ。

悟志は深雪を抱き寄せると、そのまま仰向《あおむ》けに押し倒した。スリップ姿の深雪は、期待と不安からか頰をうっすらと紅色に染めている。

膝よりも短い丈のスリップの裾がめくれて露わになった、太すぎず細すぎない太腿や膝頭を擦《す》り合わせている。

仰向けになったことでボリューム感がある乳房がほんの少し左右に流れ、スリップの胸元からやや濃いめのピンク色の乳首がちらりと顔をのぞかせた。

「すごくセクシーですね。見ているだけで、ますますチ×ポが硬くなりますよ」

悟志は深雪の身体に馬乗りになりながら、魅力的な下半身にペニスを擦《こす》りつけた。

亀頭から溢れ出した先走りの液体が、スリップに淫《みだ》らなシミを形づくる。まるでカタツムリが這った跡みたいだ。

悟志は深雪の唇にキスをすると、ゆっくりと首筋に舌先を這わせた。そのまま身体をよじるようにして後ずさりをし、スリップからチラ見えしている愛らしいサクランボをちろりと舐《な》め回した。

淫らな予感に果実はその色を濃くし、きゅっと硬くなっている。悟志が右手の指先で果実を軽やかにクリックすると深雪は、

「あっあぁあっ……感じちゃうっ」

と胸元を突き出し肢体をくねらせた。

「いいんですよ。いっぱい感じたって」

悟志は深雪の耳元で囁くと、左の乳首にしゃぶりついた。乳首の根元に歯を軽く立てるようにして、乳首の表面にゆるゆると舌先を遊ばせると、深雪の声が甲高くなる。右手でつるつるとしたスリップの感触を堪能しながら、左手は指先にぴったりと吸いついてくるような太腿をまさぐりながら、スリップをゆっくりとずりあげていく。

とうとうスリップは下腹部を覆い隠す、逆三角形のショーツが露わになる辺りまでめくれあがった。それでも、不思議なことにスリップを脱がそうという気持ちにはな

らなかった。

生まれたままの姿もいいが、スリップ姿の深雪はまるで天女が羽衣《はごろも》をまとっているかのように思えた。全てをあからさまにしないのも、また趣きがある。

牡の身体は正直だ。スリップの裾からのぞく小さな布きれに、剝き出しになったペニスがぴくんと反応する。

悟志は下腹部のふっくらとした稜線を包み隠す、ピンク色のショーツの底を指先でそっとなぞりあげた。二枚重ねになったクロッチ部分は、わずかに湿り気を帯びている。

女の切れ込みに沿うように指先を二度三度と往復させると、二枚の花びらの奥から濃厚な潤《うる》みが滲み出し、クロッチに小さな水玉模様が浮かびあがった。

軽快なタッチで指先を振り動かすたびに、淫らな模様は少しずつ大きくなり、いつしか楕円形《だえんけい》の濡れジミを形づくった。

溢れ出した甘蜜は二枚重ねのショーツの上までじゅわりと溢れ出し、甘酸っぱい芳香を漂わせている。深雪は両足を擦り合せながら、恥ずかしそうに床の上で視線を泳がせている。

牡の胸が一番昂ぶるのは、女が秘めておきたい女淫を覆い隠すショーツを奪い取る瞬間だろう。

牡を虜《とりこ》にする芳醇《ほうじゅん》な香りに導かれるように、悟志はショーツの両サイドに指先をかけると、深雪の恥じらうさまを楽しみながら少しずつ引きずりおろした。ショーツを足首から引き抜くと、放物線を描くように床の上に放り投げる。

「はっ、恥ずかしいぃ……」

「恥ずかしくなんかないですよ。僕のチ×ポだってこんなふうになってるんです」

悟志は深雪の右手を摑むと、ぎちぎちに男らしさを漲《みなぎ》らせているペニスを押しつけた。性的な興奮に性器を濡らしているのは、深雪だけではない。亀頭の割れ目から噴き出した粘液によって、悟志の屹立もぬるぬるになっていた。

「本当だわ。悟志さんのオチ×チンもエッチなオツユまみれになってるっ」

そんな卑猥《ひわい》な単語を口にするとはとうてい思えない深雪の唇から飛び出した言葉が、悟志の心身をますます熱く燃えあがらせる。

悟志は深雪の両足首を摑むと、高々と掲げ持った。

「ああん、こんな恰好……エッ、エッチすぎるわ」

下腹部の辺りまでめくれあがったスリップ姿で、深雪はせめて自由になる上半身を揺さぶった。まるで駄々っ子みたいな仕草だが、三十路が近い女がすると妙に可愛らしく見える。

悟志は深雪の足首を摑んだまま、大きく割り広げた太腿の付け根の辺りに腹這いになった。視線のすぐ先には普段はショーツで守られている秘唇が息づいている。

なめらかな女丘に繁った縮れた若草は、ビキニタイプのショーツからはみ出さないように綺麗に整えられている。桃を思わせるふっくらとした大淫唇に生えた恥毛も密度がそれほど濃くはなく、上品な印象だ。

指先での弄《いら》いによって赤っぽいピンク色の花びらはかすかに綻《ほころ》び、とろりとした愛液が溢れ出している。花びらは決して大きくはなく、二枚の薄い花びらの頂点にちょこんと鎮座している淫核も控えめな感じだ。

悟志が悪戯心から、見るからに敏感そうなクリトリスにふぅーと息を吹きかけると、深雪は、

「あっ、はあっ……」

と短い喘《あえ》ぎ声を洩らした。床についたヒップを振った弾みで花びらが左右にはためき、蜜の香りが甘ったるさを増す。

悟志は舌先を伸ばすと、見るからに柔らかそうな花びらをつつーっと舐めあげた。

花びらのあわいからじゅくじゅくと滴《したた》り落ちてくる愛液を舌先にたっぷりと塗りまぶ

し、クレバスを下から上へ、上から下へとゆっくりと舐め回す。

「あっ、ああんっ……アソコがヘンになっちゃう……お股が痺《しび》れちゃうっ」

深雪は長い黒髪を乱しながら、切なく身悶えた。荒い息遣いに呼応するように、スリップに包まれた胸元や腹部が上下している。

身体の深部から湧きあがってくる快美感に酔い痴れるように、深雪は胸元で両手を交差させた。まるで、自身の身体を抱き締めているみたいだ。

「どんどんオマ×コ汁が出てきますよ。深雪さんって感じやすいんですね」

悟志はわざと下品な言いかたをした。

「そっ、そんな恥ずかしいこと……言わないでぇ……」

羞恥《しゅうち》を口にしながらも、深雪は逃げようとはしなかった。むしろ悟志の次の一手を待ちわびているように思える。

悟志は花びらを左右に大きく寛《くつろ》げた。花びらの内側はさらに肉の色合いが鮮やかだ。花弁の奥に潜んでいた膣口がおちょぼ口を開いている。

悟志は狙いを定めると、左手の人差し指を少しずつ女のぬかるみの中に挿し入れた。肉質が柔らかな膣内《なか》は、とろとろの蜜液で満たされている。

ゆっくりと抜き差しをするだけで、ぐちゅぐちゅと響く音があがる。

特に第二関節辺りまで指先を埋め込んで、膣の上壁を押し込むように刺激すると、深雪は顎先を突き出してひっ、ひぃっと短い喘ぎを洩らした。

どうやらGスポットの辺りが深雪の感じる部位らしい。ピアノバーで聴衆の羨望の視線を集めていたお嬢さまが悟志の指使いによって、悩ましい声をあげている。そう思うと、ひとりの男としてなんだか誇らしいような心持ちになってしまう。

悟志は女体という楽器を奏でるように指先を操った。熟れた女壺から湧き出す甘蜜は悟志の指先を濡らすだけでなく、手のひらのくぼみまで滴《したた》りおちてくる。甘酸っぱいフェロモンの匂いに誘われるように悟志は、性的な昂ぶりで充血したクリトリスに顔を近づけた。

ペニスの勃起ほど目を見張るような変化はないが、フードのような包皮にすっぽりと覆われていた淫核は明らかに大きさを増して、わずかに剝けかかっている。

悟志は左手の指先を蜜壺に挿し入れたまま、右手の人差し指でつきゅっと硬くなっているクリトリスを、つっ、つっと軽快にタッチした。

「ああんっ、そんな……そんなことしたら……ああっ、だめえっ……」

深雪の喉元が奏でる音色が甲高くなる。悟志は舌先をぐっと伸ばすと、剝けかかったクリトリスを刺激するように下から上へと舐めあげた。

左手の指先に感じる潤みがますます強くなる。悟志は秘壺に埋め込んだ指先でGスポットをぐりぐりと擦りあげながら、淫蕾を舌先でれろれろと舐め回した。

悟志に摑まれていた、深雪の両足はすでに解放されていた。宙に舞いあがった足の指先が、身体の芯から押し寄せてくる甘美感に打ち震えるみたいに、きゅうんと丸くなっている。

「はあっ、こんな……こんなに……かっ、感じちゃうっ……ヘンになるっ、身体が、身体がぁ……ああんっ、おかしくなっちゃうっ……」

深雪の小鼻が小さく蠢く。息をするのさえも辛そうな表情だ。悟志は舌先に意識を集中させると、女の快感が詰まっている肉芽の上で激しく踊らせた。

快感が強くなればなるほど、深雪の膣肉が指先にきゅんきゅんと絡みついてくる。

深雪は喘ぎ声を出すことさえ忘れたように、悩乱の吐息を洩らすばかりだ。半開きになった唇からのぞく、くっと嚙《か》み合わせた白い前歯が艶《いろ》っぽい。

「あっ、あああっ……いっ、いっちゃうっ……イッ、イクゥッ！」

床の上で深雪の身体が大きく弾みあがると、弓のように大きくしなった背筋をわなわなと痙攣《けいれん》させている。

悟志の舌が密着したクリトリスは、まるでそこに小さな心臓があるみたいにドクドクと脈動を刻んでいた。深雪は額にじんわりと汗を滲ませると、全身から力が抜けてしまったかのように床の上に倒れ込んでしまった。

深雪は惚《ほう》けたように口元から荒い呼吸を吐き洩らす。

しかし、お嬢さまの乱れっぷりを見せつけられた悟志は少しも収まりはしない。身体の中心ではこれ以上は硬くなりようがないほどの逞しさを滾《たぎ》らせたペニスが、早くどうにかしてくれと言わんばかりに反《そ》り返《かえ》っている。

「僕だって感じてるんですよ」

そう言うと悟志は膝立ちで移動し、意識が朦朧《もうろう》としている深雪の口元に屹立を突き出した。

「あっ、あーんっ……こんなに硬くなってるっ……」

「そうですよ。深雪さんのあんな姿を見ていたら、こんなになっちゃいましたよ」

悟志は卑猥なおねだりをするように、深雪の目の前で下半身を揺さぶってみせた。

感じていたのは深雪だけではない。口唇愛撫をしていた悟志だって昂ぶっていたのだ。

その証拠に鈴口からは糸を引くほど粘り気が強い先走りの液体が噴き出し、青っぽい無数の血管を浮かびあがらせた肉茎だけではなく、玉袋の辺りまで垂れ落ちていた。

「ああん、なんだかすごくエッチだわ」

「そうです。深雪さんにしゃぶって欲しくって、こんなになっちゃったんですよ」

「はぁん、おしゃぶりだなんて……」

深雪は戸惑いの言葉を口にした。お嬢さまはピアノの腕前は確かでも、フェラチオの経験はほとんどないようだ。深雪は悟志の下半身に手を回して、上半身をわずかに起こした格好だ。

「難しいことなんてないですよ。チ×ポの先っぽにキスをしてくれませんか」

悟志はまだ呼吸が整いきらない深雪のふっくらとした口元に、ぬらついた亀頭を押し当てた。わずかに開いた唇と舌先に、粘液まみれの鈴口が触れる。

「あっ、ほんのりしょっぱいのね。なんだかすごくいやらしい味がするわ」

深雪は躊躇いがちに舌先を伸ばすと、スケベ汁が溢れ出す尿道口をちろりと舐め回した。清楚な雰囲気が漂う深雪の舌先で舐められていると思うだけで、玉袋の辺りがきゅんとせりあがるような快感が湧きあがってくる。

「もっと口を大きく開いて、深く咥《くわ》えてくれませんか」

悟志は腰をぐっと突き出して、猥褻なリクエストをした。

「だって、こんなに硬くて大きいのなんて、口に入りっこないわ」

「大丈夫ですよ。みんなヤッてることですよ。大きく口を開けば大丈夫ですよ」

みんながヤッてるという台詞は、万能の呪文みたいだ。そんなふうに言われたら、しなくてはいけないという気持ちになるらしい。

深雪は大きく口を開くと、怖々《こわごわ》というようにペニスを含んでいく。

「そうですよ、歯を当てないようにして。くぅっ、とっても上手ですよ」

フェラチオのテクニックなど、もはや問題ではなかった。

普段はピアノを奏でているお嬢さまが、縦笛でも吹くみたいに男根を咥えている。それだけでペニスをぎちぎちにしている血液が沸騰しそうになる。

「ああ、気持ちいいですよ。深雪さん、チ×ポを舌でちろちろ舐め回してくださいよ」

少しずつだが、着実に深雪の口の中にペニスが埋め込まれていく。不慣れな舌使いが快感を倍増させる。遠慮がちな舌先が感じる部分にヒットするように、悟志はゆっくりと腰を振り動かした。

「ああん、もうだめっ……苦しいわっ……」

勢いづいた悟志のペニスの先端が、喉の奥を刺激したのだろう。深雪は咽《む》せそうになりながら、肉柱から唇を離した。すっかりルージュが取れてしまった唇は、尿道口から溢れた粘液によってぬてらてらと濡れ光っている。

それがなんともいじらしく思え、悟志は彼女の肢体を抱き起こすと牡汁まみれの唇にキスをした。牡のフェロモンの香りをわかち合う口づけに、深雪は感激したように背中に両手を回してくる。

それがオッケーの合図《サイン》だと思った。悟志は深雪の身体を床の上に再び横たえた。ピンク色のスリップだけをまとった深雪の乳房が、上下にわずかに弾んでいる。

薄手のスリップがうっすらと汗を滲ませる肌に張りつき、女体の曲線を忠実に再現し、なんとも色っぽく見えた。

悟志は深雪の身体におもむろに覆い被《かぶ》さった。深雪は覚悟を決めたみたいに、まぶたを伏せている。

恥じらうようにぴっちりと閉じ合わせた両膝を、右膝でこじ開けると彼女は湿り気を孕んだ吐息を洩らした。

彼女の戸惑いを打ち消すように唇を重ねながら、左手でするするとスリップをたくし上げていく。剝き出しになった下半身が密着する感覚に、彼女は小さく肢体をくねらせ胸元を喘がせた。

その弾みでスリップの右の肩紐がずれ落ち、Ｄカップの乳房が半分ほど露出《ろしゅつ》する。

悟志は獲物を狙うときの猛禽類のように五指を大きく広げると、露わになった乳房を鷲掴みにした。

すでに獲物は掌中に収めている。悟志は下半身を揺さぶって、深雪の両足を大きく割り広げた。互いの一番鋭敏な部分は、すでに十分すぎるほどに潤っている。

悟志がわずかに腰を押し進めただけで、うるうるとした蜜が太腿の辺りまで滴り落ちた淫唇の合わせ目に亀頭が当たった。

腰の辺りに力を漲らせながら、花びらのあわいに潜む女の洞窟に男根をこじ入れていく。

「ああっ、はっ、入ってくるっ」

「そうだよ、深雪さんの膣内《なか》に入っていきますよ。すっごくあったかくてぐぢゅぐぢゅになってますよ」

「あぁんっ、入ってる……硬いのが、硬いのがぁ……」

深雪は切れ切れの声を洩らすと、甘えるように唇を重ねてきた。正常位で繋《つな》がりながら、悟志は腰を前後に振り動かし、少しずつ少しずつ深い場所を目指していく。

「あっ、ああんっ……オチ×チンが、オチ×チンが奥まで……」

女壺の最奥まで到達すると、深雪の口から切羽詰まったような悶え声が迸った。まるで子宮口と亀頭がキスをしているみたいだ。

前後に腰を揺さぶるたびに、深々と繋がった部分からぐちゅっ、ぢゅぷっという音があがる。瓶に入ったジャムを、指先で荒っぽくかき回すみたいな音だ。

深く浅く、浅く深くと雁首《かりくび》で膣壁をこすりあげるようにして深雪の肢体をかき乱す。指先で刺激していたときとは、明らかに息遣いが変わっているのがわかる。

お嬢さまとはいえ、その身体は熟れきったオトナの女なのだ。そうとわかれば、もっともっとその心身を蹂躙《じゅうりん》し、悩ましいよがり声をあげさせたくなる。

悟志は右手で深雪の左の太腿を高々と掲げ持った。互いの身体の中心で繋がったまま膝立ちになると、彼女の左足を己の肩に載せた。片足だけを肩に載せた変形の屈曲位だ。

「すごいですよ。こうすると繋がってるところが丸見えですよ。深雪さんのオマ×コの中に僕のチ×ポがずっぽりと入ってますよ」

膝立ちになったことにより、いっそう腰を前後左右に動かしやすくなる。膣壁全体を刺激するように緩やかに腰を回転させたかと思うと、今度は子宮口を穿《うが》つようにがつんと体重をかけるようにして突き入れる。

「ああん、こんな……こんなの……はっ、激しすぎて……激しすぎて、アソコが壊れちゃうっ……」

深雪は狂おしげに、自らの乳房に指先を食い込ませた。

「アソコじゃわかりませんよ」

悟志はわざと意地の悪い言葉を口にした。普段は絶対に淫らな単語など口にしない妙齢の美女の唇から、破廉恥な四文字言葉を聞きたくてたまらなくなる。

「ああ、そんな……そんなこと……いっ、言えないわ」

深雪は恥辱《ちじょく》に頭を振った。乱れた黒髪が額に張りついている。

「言えないんだったら、もうチ×ポは要らないんですね。オマ×コから抜いてもいいんですね？」

「いっ、いやっ……そんな、意地悪っ、意地悪なこと……言わないでえっ」

「だったら、教えてくださいよ。どこになにが入ってるかを」

悟志はわざと腰を引きながら囁いた。蜜壺からペニスが抜け落ちる寸前で、腰の動きを止めて深雪を見おろす。

「ああっ、言うわっ……。だから抜かないでえ……オマ×コにオチ×チンが、オチ×チンが入ってるのぉ……」

観念したように深雪は半泣きの声をあげた。恥ずかしい単語を強引に言わされることに深雪自身も昂ぶっているのだろう。膣壁がきゅんと収縮し、ペニスを締めつける。

「深雪さんって本当はいやらしいんですね。本当はチ×ポが大好きなんじゃないですか」

「はあっ、だっ、だってこんなふうにされたら、誰だって感じちゃうわ。ヘンになっちゃうに決まってるわっ……」

媚肉《びにく》の締めつけは厳しくなるいっぽうだ。堪えているとはいえ、絶頂は確実に近づいてきている。

その証《あかし》に深雪の太腿の付け根をぱんぱんと軽快に打ちすえる、淫嚢の裏側の辺りがきぃんと甘く疼《うず》いている。我慢もすでに限界を迎えていた。

「ぼっ、僕だって感じてるんですよ。深雪さんの膣内《なか》に発射《だ》したいっ」

悟志は唸《うな》るような声で呟くと、渾身《こんしん》の力で腰を振りたくった。

「ああっ、すごいっ……はっ、激しすぎるわ……こんなっ、ああんっ、だめよっ、こんなに激しくされたら……。また……イッ、イッちゃうっ、イッちゃうーんっ！」

深雪が我を忘れたように、悟志の身体にしがみついてくる。エクスタシーを迎えたヴァギナが、屹立を押し潰さんばかりの勢いで締めつけてくる。

これには堪えようがなかった。

「だっ、だめだっ……ぼっっ、僕も……でっ、射精《で》るぅーっ！」

不規則な収縮を見せる蜜肉に唆されるように、牡柱の先端から煮蕩《にとろ》けた樹液がどくっ、どびゅっと盛大に噴きあがる。射精を我慢していただけに、噴射はそう簡単には収まらない。

一滴《てき》残らず撃ち込むと、悟志は深雪の肢体の上に崩れるように倒れ込んだ。

「ありがとう……これで、昨日までのわたしと、さよならね……」

快楽の余韻を噛みしめるようにして、深雪がそう呟くのが聞こえた——。

第二章　恋の悲しみを忘れたいＯＬの痴態

深雪の引っ越しは無事に済み、彼女は親元へと戻っていった。それから半月ほどは何事もなく、単調な日々が繰り返されていた。

「いまから向かうのは、引っ越しと買い取り希望のお客さまでしたっけ？」

ハンドルを握りながら、悟志は助手席に座る律子に話しかけた。

「そう、ＯＬさんからのご依頼よ。ブランド品が結構あるらしいから、期待ができるわね。元カレからのプレゼントだとしたら羨ましい限りだわ」

顧客のデータが記された黒いバインダーをのぞき込みながら律子は上機嫌だ。悟志にとっては又従姉《またいとこ》にあたる律子は、骨董品や古物を手広く扱う祖父母の下で幼い頃から骨董品に囲まれて育ってきた。

学校を卒業してからは、宝飾品やブランド品などを専門に扱う高級リリイクル店に就職し、さらに審美眼を磨《みが》いてきた。そんな律子にとってブランド品の買い取りと聞けば張りきらないはずがない。

訪問先として指定されたのは、六階建てのマンションだった。おそらくは若い層をターゲットにしたワンルームの賃貸物件なのだろう。オートロックではないが、南欧風の小洒落た外観は若い女が好みそうな感じだ。

指定された時間通りに玄関のチャイムを鳴らすと、チェーンロックをかけたままドアが開いた。

「ご連絡をいただきました海老沢商会です。お引っ越しの御見積もりとお買い取りの件でお伺いしました」

律子が名刺を手にドアの向こうに声をかける。女性客が相手のときには第一印象が肝心だ。その点からいうと、四十半ばを過ぎた律子の応対は実に鮮やかだ。

不安そうな客にはソフトな口調で話しかけ、猜疑心をのぞかせる客に対してはいかにも生真面目な風を装う。

相手次第で変わるその接客態度は変幻自在で、年下ゆえに日頃は弟分のように扱われている悟志が舌を巻くこともしばしばだ。

律子の声の調子から察するに、相手は少しでも有利な条件で買い取りや引っ越しの交渉をしたいようだ。

「あまり広くはないんですが、入ってください」

チェーンロックが外され、ふたりは室内に通された。マンションの外観から想像していたとおり、室内はワンルームになっていた。

玄関に近いところにキッチンなどがあり、その奥が居室になっている。ベランダに近い奥まった壁際にベッド、その手前にはローテーブルが置かれていた。ベッドの反対側の壁沿いにテレビなどが設置されていた。

律子はバインダーを手に、部屋の主である江藤香菜《えとうかな》と小声で何やら話をしている。香菜は二十七歳くらいだろうか。肩よりも短い明るめのブラウンのボブカットは、毛先を軽やかに遊ばせている。

身体に緩やかにフィットする、黒いニット素材のセーターとスカートが胸のふくらみやむっちりと張りだしたヒップラインを強調していた。

悟志たちが訪れることもあってか、休日だというのにきちんとメイクをしている。くっきりとした目元とぽってりと肉厚な唇が印象的で、いまどきの垢抜《あかぬ》けたＯＬという感じだ。

「家具や家電はそんなに多くはないんだけど、引っ越しを機にいろいろと整理をしようと思って」

香菜は部屋の中を見回しながら言った。その言葉どおり、家具などはそれほど多くはない感じだ。

それに対して、クローゼットの中は洋服や箱に入ったバッグなどがびっしりと収納されていた。

それでも入りきらないのか、バッグなどが入っていると思われる段ボールが、天井に向かって高々と積み上げられていた。

律子曰《いわ》く、ブランド品は箱の有無だけでなく、箱の保存状態までもが査定に響くという。わざわざ段ボールに入れてあるということを考えても、これは期待ができそうだ。

律子の頬がわずかに緩むのを悟志は見逃さなかった。

「お買い取りをご希望なさっているのは、バッグなどですか？」

「そう、元カレにプレゼントされたんだけど、もう使わないし、見たくもないんです。それと、そこに置いてあるアンティークドールもお願いします」

香菜の言葉に険が宿る。しかし、こんな場面に出くわしたことははじめてではない。元カレからプレゼントされたブランド品などを買い取って欲しいという客は、けっして少なくはないからだ。

元カレとの思い出が宿るものを見るのはツラいという気持ちは、男の悟志にも理解ができる。

それだけではない。律子曰くベテランのホステスやキャバクラ嬢などは、複数の客に同じブランド品をねだるという。そしてひとつだけを残して、リサイクルショップに買い取ってもらうというのだから恐れ入る。

しかし、香菜の表情からはツラいという感情以外の思いが感じられた。だが、あえてそれには気づかない振りをする。

「では、拝見しますね」

律子は買い取りのときに使う白い手袋を装着すると、まずはアンティークドールを鑑定《かんてい》した。焼き物でできた真珠のような色合いの頭部や埋め込まれた透きとおった青い瞳。骨董には全く興味がない悟志が見ても、見るからに高そうに見えるものだ。

律子は衣装などをめくって鑑定をしていく。

えっ……。

声には出さなかったが、律子の顔つきがかすかに変化するのを悟志は見逃さなかった。

人形の鑑定が終わると、今度はブランド品のバッグが入った箱を恭しく開けた。まずは外観の傷などを確かめて、ファスナーの内部のタグなどを確認していく。

律子は小さく頷くと、別の箱に入ったバッグも慎重に鑑定していく。香菜は思い出の品をちらりと見ながら、少し寂しそうな表情を浮かべている。

だが、そこにはこれで思い出の品と決別ができるという決意みたいなものも感じられた。買い取りに合わせて引っ越しをするということからも、香菜の思いはただならぬものなのだろう。

最後のブランド品を箱にしまうと、律子は言葉を選ぶようにしばし無言になった。香菜にしてみれば、額を含めて査定は気にかかるところだろう。律子の挙動を見守っている。

俯《うつむ》いていた律子がゆっくりと頭をあげる。

「大切なお品を鑑定させていただき、ありがとうございました。非常に申し上げづらいのですが、アンティークのお人形に関しては、それっぽく作られたものだと思います。バッグについても残念ですが、全て精巧につくられたコピー商品だと思います」

「えっ、コピーって？　だって、いままで使ったこともあるのよ。誰からもコピーだなんて一度だって疑われたこともなかったわ」

「本当に残念なのですが、いまはリサイクルショップでさえ真贋の鑑定に悩むような

精密なコピー商品が出回っているんです。それらはスーパーコピーと呼ばれていま
す」

「うっ、嘘よ、そんな……だっ、だって……これは彼が……」

言うなり、香菜は絶句してしまった。握り締めた拳がかすかに震えている。

「本物だと信じていたものをコピー商品だと鑑定されたら、ご納得がいかないのはわかります。念のために別の業者を呼んで、改めて鑑定してもらってもよろしいかと思います」

香菜の驚きを受けとめるように、律子は落ち着いた口調で言った。幼い頃から骨董品に囲まれ、都内でも有数といわれるリサイクルショップで審美眼を磨いてきたのだ。ましてやいまも新たに出回るコピー商品の知識を得るために、元の職場の同僚たちとの情報交換も欠かさない。口調は穏やかだが、その言葉には絶対的な自信が滲んでいた。再鑑定を勧めたのは、律子なりの優しさでもあるだろう。

「うっ、嘘よ。そんなの……」

突然のことに香菜はパニック状態に陥《おちい》っているようだ。律子が最後に鑑定したブランド品の箱を開けると、どうしてと訴えるように突き出した。

「わかりました。それでは、ご説明させていただきますね」

律子はバッグに入っていたタブレットを取り出すと、本物とコピー商品のどこが違うかを撮影したものを差し出した。

本来は買い取りを扱う業者にとっては企業秘密のようなものだろうが、動揺する香菜を落ち着かせるための緊急的な措置だろう。

「ここの部分のブランドマークですが、微妙《びみょう》に違うのがおわかりになりますか？」

そう言うと、律子は鑑定に使っている拡大鏡を差し出した。香菜は拡大鏡を使ってそれを見比べると、肩をがっくりと落とした。言葉を出す気力さえないようだ。

「今日はショックなこともおありだったかと思います。お買い取りについてはお力になれませんが、お引っ越しについては尽力させていただきますので、改めてご連絡をいただければと思います」

突きつけられた残酷すぎる現実に動揺を隠せない香菜を気遣うように、律子は柔らかい口調で悟志の名刺を手渡すと部屋を後にした。

香菜から再度連絡が入ったのは、最初に訪れた日から二日後だった。その電話は買い取りを担当する律子ではなく、引っ越しなどを担当する悟志宛てにかかってきた。

「先日は取り乱しちゃってごめんなさい。アドバイスされたとおりに、別の業者にも再度鑑定を頼んだのだけど、結果はやっぱり偽物でした。そちらの担当の方はわたしを傷つけないように優しくおっしゃってくださったんだけど、別の業者からは見るなりコピーですって突っぱねられちゃいました」

電話の向こう側で、香菜は自嘲気味に笑ってみせた。

「いまさらなんですけれど、買い取りとは別にお引っ越しをお願いできればと思って。改めて見積もりにきてもらえませんか？」

元カレからもらったというアンティークドールやブランド品のバッグが偽物だと判明した時とは別人のように、その声は落ち着いていた。

今回は買い取りはないので、悟志が担当している引っ越しや梱包作業がメインになる。指定された時間に、悟志は香菜の部屋を訪れた。

今日の香菜は胸元が大きくV字形にカットされた、膝よりも短い丈の赤いワンピース姿だ。

メリハリがきいたボディラインを強調するようなタイトなデザインで、少し前かがみになっただけでEカップはありそうな胸元にくっきりとした谷間が刻まれる。

エアコンが効いているせいか、ストッキングやソックスは履いていない。ワンピースの裾から伸びる、すらりとした太腿やふくらはぎに視線を吸い寄せられそうになってしまう。

以前に取り乱したところを見られているせいか、香菜からは警戒心は感じられなかった。一度弱い部分をさらけ出しているので、無駄な気負いがなくなったのかも知れない。

「ふふっ、ずいぶんとさっぱりしたでしょう。偽物だってわかったから、バッグや人形はすぐにマンションのごみ置き場に直行させたの。いつまでも偽物を部屋に置いておくなんて、未練たらしいものね」

香菜の部屋を占拠していた、偽物のブランド品が占拠していた場所は綺麗になにもなくなっていた。

「偽物だってわかったら、逆に清々しちゃったわ。でも、わたしって馬鹿よね。プレゼントされたのが、ブランド品のコピーだなんて思いもしなかったんだもの」

「そんなことはないですよ。彼氏さんからプレゼントされたものをコピーだなんて疑ったりしませんよ」

「そんなふうに言ってもらえると嬉しいわ。まあ、よくよく考えてみれば間抜けな話よね。元カレって創業者の親戚筋だったのよ。そんな相手から言い寄られたものだから、ついつい舞いあがっちゃったのよね。だって上手くいけば玉の輿じゃない」

杏菜の口調が明るいだけに、逆にそれが虚しく聞こえる。

「誰かに気づかれたら、面倒なことになるかも知れないからふたりのことは絶対に秘密だよって言われてたの。その代わりに海外に出張に行くたびに、お土産にブランド品をプレゼントしてくれたから、余計に舞いあがっちゃったのかも知れないわ」

「それは仕方がないですよ。秘密だって言われたら、誰にも言えなくなるじゃないですか」

「ありがとう。海老沢さんって……悟志さんだったかしら。優しいのね」

「別に僕は優しくなんてないですよ」

普段は苗字で呼ばれることが多い。名前でで呼ぶのは律子を筆頭に親戚ばかりだ。異性に唐突に名前で呼ばれ、悟志はどきりとした。

「コピーのバッグをもらって浮かれちゃうような女だから、簡単に騙せると思われちゃったのね。ずっと恋人だって思い込んでいたの。それなのによ、先月彼がいきなり、うん、元カレが結婚するって宣言をしたの。それも相手は同じ課の同僚で、デキ婚だっていうのよ。そんなのって、信じられる？」

親しすぎる人間には、あえて言えないこともある。すでに弱みを見せているだけに、心の中にしまい込んでおけないツラいことを打ち明けるには、悟志は格好の存在なのかも知れない。

「彼女も彼女だわ。全然そんな素振りなんて見せもしなかったのに。だけど、デキ婚だって言われたら、どうしようもないでしょう。元カレの顔を見るのもツラいけれど、彼の子供ができたっていう彼女の笑顔を見るのが、なによりも耐えられなかったの。癪だったけれど、惨《みじ》めになるだけだから元カレに二股をかけられていたことは誰にも打ち明けずに、先月いっぱいで会社を辞めたの。就職するときになんとなく選んだだけだから、この街にもこの部屋にもあまり執着はないの。だから、新しい場所で再スタートをしようって決めたの」

香菜の口調は悟志に賛同を求めているみたいだ。悟志は相槌《あいづち》を打つように頷いた。相手の言葉に異を唱えるようなことは口にしない。これはこの稼業をはじめてから身に着いた習い性みたいなものだ。

相手は胸の内に抱えた思いを聞いて欲しいのであって、それに対する意見を求めているわけではないからだ。

「バッグのことは確かにショックだったわ。でも、それ以上にキツかったのはアンティークドールのことかしら。あれははじめて付き合った彼氏がプレゼントしてくれたものだったの。それまで偽物だったなんて。わたしって本当に男を見る目がないのね。

自分でもイヤになっちゃうくらいだわ」

香菜は深々とため息をついた。無理に表情を作り明るそうに振る舞ってはいるが、それが逆に空元気《からげんき》に思えてしまう。

髪の毛を明るめのブラウンにカラーリングして、見た目はいまどきっぽい感じだが、その中身は外見とは裏腹に純粋《ピュア》なのかも知れない。そんなふうに思えた。

家財道具の種類や数などを確認しながら見積もりをしていくが、香菜の顔色は晴れる気配がない。

こんな気持ちのままで新天地に向かったとしても、きちんとした仕事を見つけて暮らしていけるのだろうか。顧客の事情にはかかわりすぎないのが鉄則だが、それでも心配になってしまう。

「ねえ、わたしってそんなに魅力がないのかしら？」

背中を向けていた悟志にそっと寄り添うと、香菜がか細い声で問いかけてきた。意味深すぎる言葉に、悟志は咄嗟《とっさ》に反応することができない。

「学生の頃からモテなかったわけじゃないのよ。何カ月も彼氏がいなかったこともないし……。でも、なんて言えばいいのかしら。いまにして思えば、なんだか都合のいい女扱いされていた気がするの」

「かっ、香菜さんは美人じゃないですか。男が言い寄ってくるのもなんとなくわかりますよ」

制服の背中に香菜の乳房のふくらみを感じながら、悟志は当たり障《さわ》りのない言葉を口にした。傷心の香菜はきっと優しい言葉が欲しいのだろう。そう思うと、ますます上手い言葉が出てこなくなってしまう。

香菜とは一度しか会ったことがない。そんな相手に対して身体を密着させてくるということは、彼女は自暴自棄になっているのかも知れない。

まるで、いまの彼女は暗い夜道で人恋しそうに鳴いている捨てられた仔猫みたいだ。そんな相手の心の隙につけ入るのは、迷子の子猫を抱えあげるよりも簡単なことだろう。

しかし、そんなことをするのは男として卑怯《ひきょう》なことのように思えた。いま振り返れば、彼女と視線がぶつかってしまう。香菜はいまどんな表情をしているのだろう。そう考えると、身体がますます強張《こわば》る。

今日の彼女は牡牛を挑発するみたいな赤いワンピース姿だ。それも胸の谷間だけでなく、すらりとした足を強調するような扇情的なデザインだ。

彼女が縋《すが》りつくような視線を送ってきたとしたら、グラマラスな肢体を素っ気なく押し返せる自信はなかった。

　彼女の表情が見えないだけに、余計に身体の表皮の感覚が研ぎ澄まされるようだ。制服の上からでも、呼吸に合わせてかすかに上下する乳房の弾力が伝わってくる。

　見えないだけに、淫靡《いんび》な妄想だけがひとりでに暴走してしまう。悟志は乱れる心を抑えるように、さりげなく深呼吸を繰り返す。

　それでも身体は正直だ。柔らかな乳房のふくらみを察知し、下半身が次第に熱を帯びていく。それはどうしようもないことだった。

「やっぱりわたしって魅力的じゃないのかしら。だから、二股をかけられたりしちゃったのかしら」

　背中越しに香菜が切なそうに囁く。憐れみを感じる声に、悟志は鳩尾《みぞおち》の辺りがぎゅんと締めつけられるような感覚を覚えた。

「やっぱり男の人の背中って大きいのね、それにあったかい」

　香菜の声がとろみを増す。粘り気のある声が耳穴に忍び込み、鼓膜をやんわりと刺激する。

「こうしてると、あったかくて安心しちゃう」

　香菜は胸元を突き出すようにぎゅっと押しつけると、悟志の太腿を右手でそっとなぞりあげた。羽根ぼうきみたいな繊細なタッチに、思わず悟志の口から驚きを含んだ喉の内にこもった声が洩れた。

身体をぴくんっと震わせた悟志の反応に、香菜の口元からはあっという悩ましい声がこぼれた。

男の反応を窺うように太腿をさわさわと撫で回していた指先が、少しずつ牡の身体の中心へと近づいてくる。

「あっ、こんなになっちゃってるっ」

制服のズボンに包まれた下腹部に到達した途端《とたん》、香菜の唇から驚嘆の声があがった。遠慮がちに触れた指先は、すぐに女の情念を感じさせるまさぐりかたに変わった。

ズボンのファスナー部分は、内部で膨張した肉柱によってぱつんぱつんに張りつめている。香菜は下から上へとゆっくりとペニスを擦りあげた。

ねちっこい指先での愛撫に、心の中でいくら鎮《しず》まれと念じてもペニスは少しも収まりはしない。むしろ、ファスナーの留め金具が張り裂けんばかりにふくれあがっていく。

普段はペニスはトランクスの中で下向きに収納されている。しかし逞しさを漲らせたことによって、不自然に折れ曲がった形になる。あまりにも硬くなりすぎると、痛みを覚えるくらいだ。

「触ってると感じちゃうっ……」

香菜はうっとりとした声を洩らすと、きちきちに硬くなった肉柱に指先をきゅっと食い込ませた。

「大失恋をしたばかりだっていうのに、一度しか会っていない男の人のオチ×チンを触るなんて、いやらしい女だって思う？」

「いっ、いや、そんなこと……」

悟志は喉を絞った。

「でも、こんなふうに硬くしてくれると、なんだか嬉しくなっちゃうわ……。ねえ、わたし、あんなにひどいフラれかたをして、女としての自信なんて完全になくなっちゃったわ。だから、こんなふうに感じてくれる男の人に、何もかも忘れさせてほしいの。わかってくれる？」

香菜は自分の行為を肯定するように囁いた。

ズボン越しにゆるゆるとソフトにまさぐられるのは、オナニーとは全く種類が異なる快感がある。油断していると つい、悩ましい声を洩らしてしまいそうだ。

裏切られた過去を振り捨てたくてすがってくる香菜に、倒錯した愛《いと》おしさをおぼえ、悟志はますます股間を威《い》きり勃《た》たせた。

「こんなに硬くなっちゃって。このままだと苦しそうだわ」

背中に胸元を押しつけたまま、香菜がわざとらしいほど心配そうに呟いた。それでいて、指先の動きは少しも止まる気配はない。

もっともっと硬くしてあげるとでもいうように、下から上へ、上から下へと丹念に撫でさすり、指先をリズミカルに食い込ませる。

視線を落とすと、その鮮やかな指使いを確かめることができるだけに、視覚による興奮も大きくなっている。

自身の手によるオナニーならばいくらでも加減ができるし、射精するタイミングを調整することもできる。しかし、男とは違うすらりとした指先でしごかれると、危うく暴走してしまいそうになる。

「だっ、だめですって……」

ついに悟志は腰を揺さぶって、香菜の執拗な指戯から逃れようとした。

「だめって……。口ではそんなふうに言っても、ここはだめとは言っていないみたいよ？」

香菜は悟志の耳元に向かって、嬉しそうに囁いた。首筋の辺りに吹きかかる生温かい風を感じ、くすぐったさに悟志はわずかに肩先を揺さぶった。

「硬くなってるのを触ってると、わたしだって感じちゃうわっ」

香菜はうわずった声を洩らすと、いままでよりも強く男根を握り締めた。制服のズボンのフロント部分に、パールピンクのネイルを塗った指先がぎゅっとめり込む。

「触ってるだけじゃ、我慢できなくなっちゃうっ」

熱っぽく呟くと、香菜は悟志の肉柱から指先を離し、棒立ちになっている悟志の前に回り込み、床の上に両膝をついた。潤んだ瞳で見上げる香菜と視線が重なる。

指先での弄《いら》いに、こんなにも反応してしまっていることが恥ずかしく思えてしまう。蟻《あり》の門渡《とわた》りの辺りから込みあげてくる恥辱に、視線を逸らしたのは年上の悟志のほうだった。

「こんなに硬くなっていたら、オチ×チンが苦しくてたまらないわよね。早く解放してあげなくちゃ」

香菜の物言いは、まるで幼い子供を前にした保母さんか、看護師さんみたいだ。愛おしげにズボンのファスナー部分を指先でなぞると、彼女はズボンのベルトに指先をかけてガチャリと外した。

腰を締めつけるベルトが外れたことによって、ズボンの中に押し込まれていた男根にさらに血流が流れ込むようだ。

ファスナーによって押さえつけられているペニスが、布地を押しあげるようにとくとくと脈動を刻んでいる。

いよいよ香菜の指先がファスナーの留め金具を摑んだ。張りつめすぎているファスナーを引きおろすのは容易《たやす》いことではない。

彼女は反抗期真っ盛りの少年のような荒っぽさを滲ませる下腹部を左手で押さえながら、ゆっくりとファスナーを引きずりおろしていく。

口元をわずかに歪《ゆが》めながら、鮮やかな指使いを見おろしている悟志の反応を楽しんでいるかのようだ。

ズボンのファスナーが根元まで引きおろされると、屹立が解放感に包まれる。とはいえズボンはまだ下腹部に留まっており、左右に広がったファスナーの合わせ目から派手なチェック柄のトランクスがちらりと顔をのぞかせる。

「これで少しは楽になったかしら。でも、まだまだ窮屈そうだわ」

悟志の顔を艶然《えんぜん》と見あげながら、香菜は悪戯っぽく微笑んでみせた。

大切にしていた元カレからのプレゼントがコピー商品だと判明し、慰める言葉をかけることさえ躊躇するほど落胆していたときとは別人のような笑顔を見ると、彼女の

好きにさせてやりたいような心持ちになってしまうから不思議なものだ。どんな形であれ、

肉柱に指先を食い込ませ、ズボンまでずりおろした香菜のことだ。どんな形であれ、彼女が納得するまでは悟志を解放することはないだろう。

それによって、女としてのプライドをずたずたにされた香菜の気持ちが少しでも癒されるのならば、それでいいように思えてしまうのは、悟志自身も昂ぶっているからに他ならなかった。

ローズカラーのネイルで彩られた形のよい指先で、制服のズボンの上縁《じょうえん》をしっかりと摑むと、それを太腿の辺りまで一気に引きずりおろした。制服のジャケットを着ているのに、下腹部を包むトランクスが露わになっている。

なんとも奇妙な格好だが、それが言葉にし難《がた》い卑猥さを滲ませている。香菜の視線は剝き出しになったトランクスのフロント部分に注《そそ》がれている。

派手なチェック模様のトランクスの前合わせには、香菜の指先での悪戯によって溢れ出した先走りの液体によって粘り気のある濡れジミが浮かびあがっていた。

「こんなに感じてくれていたの？」

ぴいんと前合わせを押しあげるトランクスのふくらみに、香菜は蕩けるような声を洩らした。

男の反応が嬉しくてたまらないという表情。香菜は男に尽くすことに至福を感じるタイプなのかも知れない。そんなふうに思えた。

香菜は右手の人差し指の先を軽く前歯で噛むと、その指先をトランクスの前合わせ目がけて伸ばした。トランクスの上からでも、牡のシンボルが男らしさを滾らせているのがわかる。

香菜はトランクス越しに男根をゆっくりとなぞりあげた。少しもったいをつけたようなスローな指使い。それがなんともエロティックに思える。

無理やりペニスを押さえつけていたズボンはすでにない。ようやっと自由を勝ち取ったかのように、怒張はぴくりと蠢くと解放感を満喫しようとヘソのほうへと鎌首をもたげた。

執念ぶかい指使いによって、トランクスのフロント部分は尿道口から滲みだした牡汁でべたべたになっている。

特に亀頭の裏側の辺りを、ぬるぬるになっている生地越しにしゅりしゅりと丹念に擦りあげられると、内腿に電気が走るような快感が走り抜ける。

悟志はくうっと低い声を洩らした。布地と男根の間は、潤滑油《じゅんかつゆ》みたいな牡の粘液で満たされている。悟志は風俗などで遊んだ経験はないが、友人たちの中には日常では味わえない快感を堪能すべく足繁く通う者もいる。

『ローション塗《まみ》れのストッキングでチ×コをじゅこじゅことさすりあげられると、半端《はんぱ》なく気持ちがいいんだよ』

そんなふうに自慢げに語る友人がいた。悟志がいま感じている快美感はそれに近いものなのだろう。

強烈な刺激ではないが、ローション代わりの先走りの汁が介在することによって軽やかに擦りあげられるだけでも、知らぬ間に喉仏が上下してしまうような心地よさが全身に広がっていく。

悟志は深く息を吐き洩らすと、仁王立ちになった足元を踏ん張った。

「スケベなオツユがいっぱい、いっぱい溢れてくるのね」

香菜はトランクスの上をさすりあげていた人差し指をそっと離した。女とは違う牡のフェロモンの香りを漂わせながら、トランクスと指先の間につーっと透明な糸が伸びた。

香菜は卑猥な液体で濡れ光る人差し指を天井から降り注ぐ灯《あか》りにかざすと、指先を口元へと運んだ。くっと伸ばした舌先で亀頭から噴きこぼれた粘液をねちっこいタッチで舐め回す。

その口元を見ているだけで、ぽってりとした唇や生ウニのように表面が細かく粒だった舌先で舐められたら、どれほど気持ちがよいかと妄想を逞しくしてしまう。

香菜は悟志の欲情を煽り立てるみたいに、わざとちゅぷちゅぷという卑猥な音を立てながら指先に舌先を這わせた。

「あっ、ああっ……」

ついに悟志は身体を支配する劣情にねじ伏せられるような、くぐもった呻《うめ》き声を洩らしてしまった。踏ん張った足元がかすかに震える。

「お汁がいっぱい、いっぱい出てきゃうのね。それだけわたしに興奮してくれてるってことでしょう。なんだか女としての自信を取り戻せそうな気がするわ」

あれほど落ち込んでいたはずの香菜の瞳に生気が感じられた。香菜の指先が、いまにも前合わせを押し広げて顔をのぞかせそうなペニスが、やっと収まっているトランクスのフロント部分に伸びてくる。

香菜の指先はトランクスの前合わせにそっと忍び込むと、痛いくらいに逞しさを漲らせた肉柱をしっかりと摑み、少々強引にそれを引きずり出した。

完全に勃起した牡塊が、トランクスの前合わせから飛び出した状態になる。それはこれでもかと言わんばかりの角度を見せながら、隆々と宙を仰《あお》ぎ見ている。

「まるでトランクスからオチ×チンが生えているみたい。すっごくエッチな感じだわ」

香菜の言うとおりだ。トランクスの前合わせからは興奮ぶりを如実に表すように、松林にによっきりと生えるマツタケを連想させるペニスが突き出している。

その勃起の角度もまるで若々しさを誇る少年みたいで、それだけ悟志が昂ぶっている証拠に他ならない。

「あーんっ、オチ×チンの先っぽからすっごくエッチな匂いがしてるわ」

香菜はトランクスから突き出した男根に鼻先を寄せると、ふんふんと鼻を鳴らしてその匂いを胸の底深くに吸い込んでいる。

牡のフェロモン臭を身体の奥深い場所に取り込むようなさまが、悟志の中に潜む野性的な部分をますます挑発する。

「男の人のオチ×チンって本当に不思議だわ。普段はふにゃふにゃしているくせに、こういうときだけは硬くなっちゃうなんて」

香菜の熱視線が亀頭や肉幹に絡みついてくる。いきなり舌先を伸ばしてきたりはしない。逆に視線で玩具にされているような気持ちになってしまう。しかし、それは不快なものではなく、甘やかな期待を孕んだものだった。

「こうして見ると、オチ×チンって本当に可愛らしいのね」

香菜は粘っこい粘液が噴き出す鈴口を、指先でゆるりと円を描くように撫で回した。見る見るうちに指先が淫猥な輝きを放つ先走りの液体まみれになる。

香菜は粘液を巧みに操り、亀頭や裏筋の辺りをゆるゆると弄《もてあそ》ぶ。特に雁首の周囲に沿うようにくるくると指先でなぞられると、尻の割れ目の辺りからぞくぞくするような快感が湧きあがってくる。

「あっ、ああっ……」

もっと強い刺激が欲しいとばかりに、悟志は下半身をわずかに揺さぶった。指先で撫で回されるだけでこんなにも気持ちがいいのだ。

やや肉厚に見える唇の中に含まれ、伸ばした舌先でれろりと舐めあげられたとしたら、どれほど気持ちよいか想像がつかない。

そうかといって相手の後頭部を押さえ込んで、無理やり口元にペニスを押しつけるような真似をできるはずがない。香菜はあくまでも依頼人《クライアント》なのだ。

しかし、たとえ相手がクライアントでなかったとしても性的なことを無理強《じ》いすることは、どちらかといえば女性に対しては弱腰の悟志には難しいことだった。

亀頭や柔らかな肉束がきゅっと盛りあがった裏筋の辺りを、ソフトな指使いで弄んでいた香菜の指使いが止まった。彼女の視線は悟志の肉柱に注がれたままだ。いやでも淫らな期待をしてしまう。

指先で弄ばれたら、次はルージュで彩られた唇や舌先での愛撫を求めてしまう。それは男として当たり前のことだ。

「ああっ、はっ、早くっ……」

悟志はペニスを前に突き出しながら、とうとう淫らな欲情に逸《はや》る声を洩らしてしまった。

「もう、悟志さんったらエッチなんだからぁ」

香菜はしどけなさを含んだ声で囁きながら悟志を熱く見つめる。水気を孕んだ瞳が牡の欲望に突き刺さるみたいだ。　悟志は低く唸った。

そのときだった。香菜は身に着けていたミニ丈のワンピースの裾に手をかけた。ストッキングを着けていないナマ足はすでに見ているが、すらりとしながらも柔らかそうな太腿が徐々に露わになっていくのを見たら、呼吸を荒げずにはいられない。

香菜は床の上に膝をついたまま、二十代の肢体を左右にくねらせて、タイトなシルエットを描く赤いワンピースを身体から剝ぎ取っていく。

悟志にできるのは、ただただ息を詰めて彼女の仕草を見守ることだけだ。太腿が剝き出しになったかと思った次の瞬間、赤いワンピースよりも牡の視覚を挑発する漆黒のショーツが瞳に飛び込んでくる。

黒いショーツは、ぎりぎり女丘を隠すことができるほどの極めて面積の小さいものだ。太腿やふくらはぎから想像していたとおり、肢体には余分な肉はほとんどついていないが、女らしさを誇張するランジェリーに包まれた乳房や臀部の張り具合は見事なものだ。

蜂のようにくびれたウエストラインが、なめらかな曲線美を何倍にも魅惑的に見せている。

トランクスの前合わせから生えたような、若々しさをひけらかすペニスが上下にびゅくんと跳ねあがる。

「意外とせっかちなのね。でも、それだけ興奮してくれてるってことだったら嬉しいわ」

欲望に逸る悟志を揶揄《やゆ》するように、香菜はふっくらとした唇の両端をあげると、楽しげに囁いた。

ワンピースを脱いだ香菜の肢体には、色っぽさが詰まっている。黒いショーツとお揃いのブラジャーのカップに覆い隠された乳房のふくらみは、Ｅカップはあるに違いない。

彼女は見た目よりも着やせするタイプだったらしい。悟志の心臓の鼓動は激しくなるばかりだ。

「そんなに見つめられたら……エッチな気分になっちゃうじゃない」

香菜は乳房のふくらみを見せびらかすみたいに、わざと前かがみになり、胸元で両手を交差させた。

男性向けの雑誌のグラビアに掲載されるような悩ましいポーズに、トランクスから引きずり出された悟志の肉幹が過敏に反応する。

「さっきよりもオチ×チンがぬるんぬるんになってるみたい」

香菜は嬉しそうに目元を緩めると、淫らな液体が続々と噴きこぼれてくる鈴口を指先でするりとなぞりあげた。指先での軽やかな刺激に、尿道の中に溜まっていた粘液がたらりと滴り落ちてくる。

香菜は上目遣いで悪戯っぽく微笑んでみせると、あーんというみたいにぽってりとした口元を開き、赤っぽいピンク色の舌先をほんの少し突き出してみせた。

表面がぬめぬめとした舌先をわざと左右に振って、悟志の表情をうかがい見ている。しっとりとした舌先が妖しく蠢くさまに、無意識の内に肉柱がぴくっと弾んでしまう。

「本当に男の人のオチ×チンって不思議だわ」

香菜の口元が亀頭目がけて近づいてくる。悟志は息を詰めて、その仕草を見守った。

ちゅっぷっ……。粘液まみれの亀頭と唇が触れた瞬間、湿っぽい音があがる。まるで男根の先端にフレンチキスをされるみたいな感覚に、悟志は臀部にびりりっと電流が走るのを覚えた。

どうして、こんなにも女の唇というのはエロティックに思えてしまうのだろう。牡の視線を引き寄せる乳房や逆ハート形のヒップも魅力的だが、感情の起伏が如実に形になって表れる口元を見ていると、破廉恥な気持ちが込みあげてくるのを抑えられない。

「はっ、ああっ……」

亀頭の辺りが甘ったるく痺れるみたいな感覚に、悟志はうわずった声を洩らした。早く唇を開いて、ピンク色の舌先で粘液まみれの亀頭を舐めしゃぶられたい。そんな願いを込めて、香菜の口元に熱い視線を注ぐ。

しかし、香菜の口元から舌先は伸びてはこなかった。彼女はトランクスから生えた肉棒の根元を右手で摑むと、その根元の辺りに唇を寄せた。

牡汁まみれになっている肉柱にちゅぷちゅぷと唇を軽く押し当てるようにして、根元から先端に近い部分の間に唇をゆっくりと往復させる。まるでハーモニカでも奏でているみたいだ。

とろみのある粘液のせいで、柔らかくしっとりとした唇が骨ばった肉柱の表皮の上を緩やかに移動する感触がたまらない。洩れそうになる声を押し殺すように、悟志は思わず天井を仰ぎ見た。

「ああん、だめっ、ちゃんと見ててぇ……」

香菜の口元から拗ねたような声が洩れる。まるで男を焦《じ》らして楽しんでいるみたいな表情。

しかし、意地悪く弄んでいるという感じではない。淫らな奉仕に、男がどれくらい感じているのかを確かめているようだ。

「ああ、すごく気持ちいいです」

「本当？　そう言われると嬉しくなっちゃう。もっともっと感じさせてあげたくなっちゃうっ」

香菜は瞳をぱっと輝かせると、今度は唇をわずかに開いて、舌先を出しながら肉幹の上でちゅるちゅると水っぽい音を吹き鳴らした。

肉幹のみを根元から先端にかけてやんわりと刺激する口唇奉仕が、斬新な快美感を呼び起こす。

「マッ、マジで気持ちがいいです」

さらなるリップサービスをおねだりするみたいに、悟志は腰を前後にかくかくと揺さぶってみせた。

肉竿に唇と舌先が密着する快感に、ますます鈴口から粘液が噴き出してくる。

「こんなにお汁が出てくるなんて、本当に興奮してるのね」

牡の粘液でぬるついた唇を指先で軽く拭《ぬぐ》うと、香菜は大きく唇を広げた。亀頭目がけて迫ってくる口元に、悟志はぜえはあと息を荒げた。

ぬるるんっ、ちゅぷっ……。淫猥な音を立てながら、亀頭が温かくしっとりとした口内粘膜に包み込まれる。

深々と咥え込むのではなく、亀頭をそっと口の中に含むという感じだ。その上で、舌先が鈴口や雁首の周囲に絡みついてくる。

軟体動物みたいに自在に姿を変えてまとわりついてくるフェラチオの快感は、自らの指先による手淫とは比べ物にならないほどすさまじい。

もっと深い場所まで気持ちよくしてほしい……。悟志は呼吸を乱しながら、トランクスから飛び出した肉柱を咥える香菜に欲深げな視線を送った。

「もっと気持ちよくして欲しい？」

悟志の胸中を見透かすような視線に、思わず頭をぶんぶんと縦に振ってしまう。香菜は小さく頷くと、悟志の下腹部を覆っていたトランクスのゴムの部分に両手の指先をかけた。

ほんのわずかな間、ペニスから唇を離すと、トランクスを少し手荒なタッチでずるりと引きずりおろす。忙しないその所作から、香菜も昂ぶっているのが伝わってくるような気がした。

「はっ、はやくっ……」

この瞬間を待ち焦がれていたかのように、悟志は体躯を揺さぶった。その弾みで欲望が充満した肉柱が上下する。

「だ・か・ら、もっと気持ちよくしてあげるっ」

牡の欲望を煽り立てるような言葉を口にすると、香菜は両手を背後に回した。悟志にできるのは彼女の一挙一動から目を離さないことだけだ。

ぷちんという小さな音が聞こえた気がした。後ろホックが外れた漆黒のブラジャーの肩紐が、丸い肩先からするりと落ちていく。

留め具を失ったブラジャーは重たげな乳房を支えることができずに、頼りなげに胸元で揺れている。香菜は悟志の視線を意識するように、しなを作ると女らしい肩を左右に揺らしてブラジャーの肩紐から両腕を引き抜いた。

見るからにボリューム感に溢れた乳房が剥き出しになる。二十七歳の乳房は重力に負けずに、ゆらゆらと胸元で揺れている。張りがある丸い乳房は、まるで大きめのグレープフルーツをふたつ並べているみたいだ。

「どう？」

香菜は女らしさの象徴を強調するみたいに、両の乳房を下から支え持った。双子のような乳房のあわいには、深々とした渓谷が刻まれている。

悟志は香菜がなにをしようとしているかが理解できずにいた。ただただ彼女の胸元の蠱惑的なふくらみに魅入られたように、視線を逸らすことができない。

「ねえ、こんなふうにしたらもっと気持ちがよくなるんじゃないかしら？」

口元に軽い笑みを浮かべると、香菜は露わになった悟志の下半身目がけて胸元をぐっと近づけ、乳房のあわいにペニスを挟み込んだ。

仁王立ちになった悟志の屹立は、香菜の豊乳の谷間にじゅっぽりと包み込まれ、辛うじて亀頭だけが顔を出している。

それは見ているだけで耳や首筋がカアーッと熱を帯びるほどに、刺激的な光景だった。

「うーんと気持ちよくしてあげる」

言うなり、香菜は突き出した胸元を左右から寄せるように揉《も》みしだいた。グレープフルーツのようにしっかりとした形状を保ちながらも、その柔らかさは筆舌に尽くし難《がた》いものだった。

柔らかさに満ちていると同時に、むっちりとした弾力でペニスをもちもちと締めつけてくる。

「あっ、ああ、すっ、すごいっ。チ×ポにびんびんくるよっ」

悟志は背筋をのけ反らせながら、ペニスを覆い尽さんばかりの快感に声を絞った。

「そんなふうに感じてくれたら……わたしだって……嬉しくなっちゃうっ」

香菜は上半身をスローなテンポで前後に振り動かしながら、乳房の谷間に収まり切れずにいる亀頭に向かって舌先を伸ばしてきた。

劣情に表皮がぴぃんと張りつめた亀頭を、香菜はソフトなタッチで舐め回す。上半身をストロークするようにゆっくりと前後させるたびに、まるでペニス全体を乳房でしごきあげられているようだ。

昂ぶりすぎた亀頭からは牡汁がたらたらと滴り落ち、男竿を包み込んだ乳房を濡らしていく。まるでローション越しにこすりあげられているみたいだ。

香菜は鈴口を突っつくように舌先で刺激したかと思えば、今度は尿道の中に溜まったスケベ汁をちゅっ、ちゅぷぷと音を立てるようにしてすすりあげる。

卑猥すぎる技の連続に、悟志は喉がぐうっと鳴るのを覚えた。必死で気を張り詰めていなければ、今にも香菜の顔面目がけて暴発してしまいそうだ。

香菜はゆっくりと上半身を揺さぶりながら、黒いショーツに包んだ桃のような曲線を見せるヒップを右に左にとくねらせている。

ペニスを乳房で翻弄《ほんろう》し、亀頭を舐めしゃぶることで彼女自身も感じているようだ。興奮したときに発する、牝《めす》特有の発酵が進んだナチュラルチーズを思わせるフェロモンの香りが、悟志の鼻腔に忍び込んでくる。

「ああん、オチ×チンをしゃぶってると、どんどんエッチな気分になっちゃうっ」

香菜はもどかしげにヒップをくねらせた。まるで、悟志の愛撫をねだっているみたいな仕草だ。

このまま濃厚すぎるパイズリを見舞われたら、自分の意志とは関係なく発射してしまいそうだ。男としてそれだけは避けたい。そう思った。

「チ×ポを咥えてて、濡れちゃったんじゃないんですか。さっきからオマ×コの匂いが漂っていますよ」

「あっ、ああん、だって……」

香菜は濡れていることを否定しなかった。それどころか、鼻にかかった甘え声をあげながら、悟志の顔をじっと見つめてくる。

男の悟志がこれほどまでに感じているのだ。自らの肢体を余すことなく使い、牡の身体を愛撫する彼女が感じていないはずがない。

そう思うと、手ひどいフラれかたをしたばかりなのに、失恋を無理やり忘れようとするかのように振る舞う香菜のことがいじらしく思えてしまう。

「はあ、感じすぎて……あーん、ヘンになっちゃう。もっとオチ×チンが欲しくなっちゃうっ……。ねえ、今度は仰向けに寝てみて」

ここまできてしまったのだ。ここは香菜の願うとおりにしてやらねば、とそう思った。言われるままに、悟志は中途半端に下半身にぶらさがっていたズボンとトランクスを腰を揺さぶって脱ぎ捨てると、床の上に膝をついた。

香菜はショーツしかまとっていない。釣り合いが取れるように、悟志も制服の上着を脱いで一糸まとわぬ姿になり、床の上に仰向けに寝そべった。

香菜からは存分に口唇奉仕をされている。たっぷり愛撫をするということは、逆をいえば自らも愛撫をされたいはずだ。

「ショーツを脱いで、顔の上に跨ってきてください。今度はお返しに舐めてあげますよ」

「えっ、でも……恥ずかしい……」

パイズリをしながらフェラチオまでした香菜は、羞恥を口にした。

「じゃあ、クンニはされたくないんですか？」

わざと露骨な言いかたをすると、香菜は少し困ったようにくりっとした目を瞬かせた。

「フェラチオは大好きだけど、クンニは嫌いなんですか？」

ダメ押しをするようなシニカルな言いかたに、香菜は小さく桃尻を振ると面積が小さな黒いショーツを脱ぎおろした。密度が濃いめのアンダーヘアはショーツからはみ出さないように、両サイドを大胆にカットした長方形に近い形だ。

「はあっ、恥ずかしいっ……あっ、あんまり見ちゃいやっ……」

「よく見ないと舐められないですよ」

恥じらいを見せる香菜の言葉に、してやったりというように悟志はほくそ笑んだ。

ようやく少しだけ主導権を奪えた気がする。

「なっ、なんだか……恥ずかしい……」

胸の昂ぶりに掠《かす》れたような声を洩らしながら、悟志の顔の上に香菜が跨ってくる。

正面を向いて跨っているので、視線を落とした香菜と視線がまともにぶつかると、彼女は半開きの口元から悩ましい吐息を吐き洩らした。

女の丘陵を隠す部分の縮れ毛は長方形に整えてあるが、大淫唇などは綺麗に剃《そ》りあげてある。ショーツに包まれていた淫裂は女蜜が滲み出し、ぬらぬらと輝いている。

ぽってりとした唇に似て、大淫唇はふっくらと程よく発達している。大陰唇から花弁を伸ばした花びらもやや肉厚な感じだ。

「もっとお尻を落としてこないと、オマ×コを舐められませんよ」

悟志の言葉に、香菜が少しずつヒップを落としてくる。牡の本能に突き刺さる、牝のフェロモンの香りが強くなる。

体重をかけないように跨った、香菜の太腿の付け根に咲いた女花に悟志の舌先が触れた途端、花びらが左右にくにゅりと開き、甘い蜜が滲み出してくる。

ずっちゅっ、ずずっ……。悟志はわざと音を立てて愛らしい花びらを吸いしゃぶった。舌先が奏でる卑猥な音色に香菜は、

「あっ、ああんっ……感じちゃうっ……アソコがじんじんしちゃうっ」

と逆ハート形の尻を揺さぶった。二枚の花びらの頂点で息づく、ぷっくりと鬱血《うっけつ》した淫核を軽くクリックするように舌先で刺激すると、香菜の声がいっきに甲高くなる。

「ああっ、気持ちいいっ……ナメナメされるとお股が熱くなっちゃうっ……」

ぷりんとしたヒップを小刻みに震わせながら、まぶたをぎゅっと閉じた香菜は喉元を反らして舌先の感触を味わっている。半開きの唇から洩れる吐息が、まるでもっと淫猥な声援《エール》を送っているみたいだ。

果敢に牡の体躯を弄ぶときには実際の年齢よりも大人っぽく見えるのに、受け身に回った途端に年齢相応、いや年齢よりも未熟《みじゅく》な感じになるのがなんとも不思議に思える。

もしかしたら付き合う男を悦《よろこ》ばせたいばかりに、色々なテクニックを研究したのではないかと邪推してしまうほどだ。

男根をたっぷりと蹂躙された意趣返しとばかりに、悟志は目の前でひくつくクレバスにじりじりと攻め込んでいく。

「ほら、ちゃんと目を開けて僕の顔を見て。感じてる顔を見せてくださいよ」

「んんっ、そんなの……恥ずかしいぃ……」

悟志の頭部を挟むように膝立ちになった香菜の内腿が小さく震え、本気で恥辱に悶えているさまを伝えている。

　しかし、悟志はあえて舌先の動きを止める焦らし作戦に出た。ぬめぬめと這い回る舌先の快感を甘受していた香菜の唇から洩れる艶っぽい吐息が止まり、あーんという恨みがましい声がこぼれる。

「あーん、どうして……」

　悲しげに聞こえる小さな声を洩らしながら、香菜は下半身の下にいる悟志を見つめた。うっすらと潤んだようなつぶらな瞳に、悟志は下腹部で威《い》きり勃《た》ったままの屹立がぴゅくりと弾むのを感じた。

　視線を交錯させたまま、悟志は再び舌先を振り動かした。充血しきった肉蕾がここを可愛がってとねだるように尖り立っている。

　悟志がクリトリス目がけて舌先を伸ばし、小さな円を描くように刺激すると、香菜は自らが一番感じるポイントに当たるようにかすかに尻を揺さぶった。

「ああんっ、感じちゃうっ……感じちゃうよぉ……」

　体内から噴きあがってくる快感に戸惑うように、香菜は額にかかる髪の毛を両手でかきあげた。仰向けに寝そべった悟志の目線の先では、しなる肢体に合わせ、豊満な乳房がぷるんぷるんと揺れている。

「はあっ、もっ、もう……だめえ……」

悟志の口の周りがべたべたになるほどの甘露を滴り落としながら、香菜は悩ましく身悶えると舌先から逃れるように後ずさりをした。

尻を左右にくねらせるようにしながら、香菜は悟志の下腹部の辺りへと移動すると、右手で完全勃起状態になったままのペニスをしっかりと握り締めた。

「ああんっ、わざと焦らすなんて反則だわ」

「いや、それはお互いさまですよ。僕のチ×ポを散々好きにしたじゃないですか」

「もうっ、そんな意地悪なことを言うなんて……。だったらこんなふうにしたらどうする？」

悟志の下半身に跨った香菜は左右に大きく割り広げた太腿のあわいに、右手で摑んだ肉柱の先端を押し当てた。

互いの赤っぽい粘膜色の性器から溢れた潤滑液が混ざり合い、ちゅくっ、くちゅっという卑猥な音を立てる。

これって素股っていうやつか。オマ×コのびらびらがチ×ポに絡みついてくる……。

仰向けに寝そべった悟志は頭だけをわずかにあげて、香菜の淫戯を凝視した。男同士の猥談などでは聞いたことはあるが、自分自身の身体で味わうのは生まれてはじめてのことだ。

「ああん、かちかちのオチ×チンがオマ×コに当たってる。オチ×チンの先っぽでクリちゃんを擦ると……はあっ……気持ちいいっ……あーん、クリちゃんが気持ちよすぎて……どうにかなっちゃいそうっ……」

香菜はなよやかに腰をうねらせながら、目の前の男を挑発するような卑猥な台詞を口走った。悟志の視界に、亀頭と淫蕾が水気を孕んだ音色を奏でながら、じゅこじゅこと擦れ合うさまが飛び込んでくる。

それだけではない。ひらひらとした花びらが肉幹にねちっこく絡みついている。刺激的すぎる光景に、悟志の心臓の鼓動は早くなるいっぽうだ。

「あっ、もう我慢できないっ、欲しくなっちゃうっ……硬いので……ずこずこされたくなっちゃうっ……」

香菜はこれ以上は開かないというくらいに大きく両足を広げながら、淫水で濡れ光る性器同士を重ね合わせている。悟志から見るとＭ字開脚の格好だ。

最初はわずかに腰を浮かせていたが、感じすぎて足元に力が入らなくなったのか、悟志の腰の辺りに体重を預けている。

それでも、妖しくくねる香菜の腰の動きが止まる気配は微塵《みじん》もない。むしろ、敏感な肉器官が密着する快感を貪《むさぼ》るように、その動きは速くなるばかりだ。

「ねっ、ねえ……いいでしょう……」

香菜が狂おしげに囁く。いいでしょうの意味が、悟志には即座には飲み込めない。そんなところが、悟志はがいまひとつ女慣れしていない証でもあった。

「もう、これ以上……焦らす気なの……。こんなにぬれぬれになっているのに……」

曖昧《あいまい》に聞こえる問いかけに即答できずにいることが、香菜にはもったいぶったお預けに感じられたみたいだ。

「ああっ、これ以上は我慢なんてできないわっ……」

香菜はボブカットの髪の毛を振り乱すと、右手の指先を食い込ませていたペニスを握り直した。再び腰を浮かせ、M字形に広げた足の付け根に強く押し当てる。

ゆっくりとヒップを沈めていくと、ぢゅぶっ、ずぢゅっという脳幹に響くような音を立てながら、隆々と宙を仰ぎ見る怒張を花壺の中に少しずつ飲み込んでいく。

「はぁーんっ、いいっ……オッ、オチ×チンが入ってくるぅっ……」

「うっ、うあっ……」

ふたりの口元から、同時に甘みを帯びた悦びの声が洩れる。焦らされ続けた香菜の蜜壺が、これが欲しかったのとばかりに膣壁を波打たせながら肉幹にねちっこく絡みついてくる。

香菜の体重を感じるほどに、ペニスが女のぬかるみの深部にずぶずぶと取り込まれていく。火照《ほて》った蜜壺が男根をきゅんきゅんと締めつけてくる。

「いいっ、すごいっ……オマ×コが……ああん、これが……欲しかったのっ……」

香菜は背筋を弓のように大きくしならせた。突き出した胸元で実るふたつの大きな果実が、歓喜に咽《むせ》ぶように弾みあがる。

騎乗位で繋がったまま、香菜は緩やかに腰を前後に振り動かした。仰向けに寝そべった悟志からは、ふんぞり返ったペニスが香菜の花びらの隙間に突き刺さっているさまが丸見えになっている。

それを目の当たりにするだけで、蜜壺に突き入れた男柱がぎゅんと跳ねるように蠢く。

「あーんっ、膣内《なか》で……オチ×チンがぁ、びくびく動いてるぅっ……」

香菜は半開きの唇から切ない声を迸らせた。内なる昂ぶりに首筋や耳元だけでなく、たわわなふくらみを見せつける乳房の辺りまでもが、うっすらとピンク色に染まっている。

男女の結合部を見せびらかすように、香菜は背筋を反らすと、床に後ろ手をついた。腰を突き出したことにより、悟志の屹立を深々と咥え込んだ媚肉がますます露わになる。

「はあ、いいっ……オッ、オチ×チンが突き刺さってるぅっ……オマ×コの中に突き刺さってる。ああんっ、串刺しにされてるみたいっ……」

悩乱の声をあげながら、香菜は卑猥な単語を繰り返す。口に出すのさえ憚《はばか》られる淫語を口走ることによって、さらに昂ぶっているみたいだ。

香菜の腰使いは緩やかなようでいて、的確に男根を締めあげてくる。防戦いっぽうでは、すぐにも白旗をあげてしまいそうになる。

悟志は喉仏を上下させると、玉袋の付け根の辺りに気合を漲らせた。香菜の腰使いに逆らうように、わざと逆方向に腰を揺さぶる。

これによって、抜き挿しする長さが倍増した。ぎりぎりまで引いて、抜けそうになった次の瞬間、今度は香菜の子宮口にぶつかるくらいにペニスで深々と貫《つらぬ》く。

「あああーっ、いいっ……こんなに……気持ちいいなんてぇ……」

背中を弓ぞりにした香菜は短い呼吸を吐きながら、身体を震わせた。続けざまに身体を包む快感に、後ろについた両手が戦慄《せんりつ》している。

「すごいのっ……奥まで来てるのっ……」

歓喜の声をあげると、香菜は力を振り絞るようにして上半身を起こし、悟志の胸元に両手をついた。

「もうっ、こんなの……感じすぎちゃうっ……」

うっすらと開いた香菜の目の焦点は少しあやふやになっている。彼女は前のめりになると、悟志の唇にキスをした。会ったのは今日が二回目で、デートをしたことすらない。

それでも繋がっているのは下半身だけではないと確認するみたいに、舌先を潜り込ませてくる。そんな女心がいじらしく思えてしまう。

悟志は舌先同士をねっちりと絡ませると、舌の付け根が軽い痛みを覚えるくらいに強く吸いあげた。

「ああん、ああっ……お口まで痺れちゃうっ……」

香菜は切なげに肢体をよじって、喜悦の声を洩らした。悟志の胸元に両手をついていた香菜はゆっくりと上半身を起こした。

床の上についていた両膝をあげると、和式のトイレに跨るような、足のつま先だけで踏ん張る格好になった。

つま先だけで不安定な肢体を支えているのは、香菜自身もツラいのだろう。急激に蜜肉の締めつけが強くなる。

「くうっ、そんなに締めつけたらヤバいですよ」

「だっ、だって……感じちゃうんだもの……」

悟志の胸元に手をつきながら、香菜が熱い眼差しを注いでくる。

「こうすると奥まで入っちゃうっ。ああ、オマ×コの一番奥に当たってるっ……」

香菜は女の深淵まで突き刺さった肉柱を味わうように、腰をゆっくりと回転させた。子宮口にぶつかった亀頭がぐりぐりと音を立てるみたいだ。

「はあ、深くまで入ってる。このままオマ×コを突き抜けちゃいそうっ……」

短く息を吐き洩らしながら、香菜はうっとりとした声で囁いた。香菜の積極さに押されるように、悟志は腰の動きを止めていた。いや、迂闊《うかつ》に動かしたら抑制が利かずに射精してしまいそうなので、あえて動きを止めていたのだ。

しかし、目の前には前傾《ぜんけい》姿勢になった香菜の乳房が、男の心をかき乱すようにゆさゆさと揺れている。

悟志はくうっと息を洩らすと、両手の指先を乳房にぎゅっと食い込ませた。まるで歯を食い込ませたときのタピオカみたいな弾力が指先に心地よい。

「ああん、そんなふうにおっぱい揉み揉みされたら……余計に感じちゃうっ」

香菜は切なげに尻を振りたくった。子宮口と密着した亀頭が、矢継ぎ早に湧きあがってくる快感にびくびくと震えるのを感じる。

「だっ、だめですって……あんまり締めつけたら……」

「そんな……だって……感じちゃうんだもの……オチ×チンがぐりぐり当たって……頭の芯まで突き刺さるみたいっ……」

悟志の胸元についた香菜の指先に力が入る。

「ああ、いいのっ……感じさせて……いっぱい感じさせてぇ……」

「だったら、思いっきり突きあげますよ」

言うなり、悟志は床の上についた下半身をぶんと押しあげた。香菜の身体が宙に舞いあがりそうな激しさでだ。

「はあっ、刺さるぅっ、突き抜けちゃうっ……いいわ、思いっきりきてぇ、なっ、なにもかも忘れるくらいに……メチャメチャにしてぇーっ」

香菜の嬌声に悟志はハッとした。あまりにも積極的に男根に喰らいついてきたのは、元カレを忘れたいからだったに違いない。

そう思うと、下腹部に力が滾る気がした。この一瞬だけは、元カレのことを香菜の頭の中から完全に吹き飛ばしてやりたい、とそう思った。

「思いっきり感じてください。頭の中が真っ白になるくらいに、無茶苦茶に感じていいんですよ」

悟志はつま先立ちになった香菜の身体を支えるように、彼女の両膝を両手でぐっと摑んだ。勢いをつけて彼女の身体の中心へ男根を打ちつける。

「あっ、ああ、身体が飛んでいっちゃいそう……感じちゃうっ……イッ、イッちゃうっ……ああん、イッちゃうっ！」

「思いっきりイッてください。香菜さんのオマ×コの中がいっぱいになるくらいに、精液《ザーメン》を発射《だ》しますよっ！」

低く呻くと、悟志のペニスの先端からすさまじい勢いで白濁液《はくだくえき》が打ちあがった。どっ、どくっ、どくっ……。不規則に噴き出す樹液が香菜の蜜壺を満たしていく。

「ああん、オマ×コの中が精液でいっぱいになっちゃうっ……熱いのがいっぱい射精《で》てくるぅーっ……」

香菜は喉元が折れそうなほどに天井を仰ぎ見ながら、全身をがくんがくんと震わせた。悟志が発射する精液を一滴残らず受けとめると、彼女は力尽きたように横向きに倒れ込んだ。

額にかかる髪を梳《す》くように悟志が指でかきあげると、香菜は安堵にも似た笑みを浮かべた。

「ありがとう。大丈夫よ。女の記憶は上書きインストールなの。もうこれで元カレのことなんか、きれいさっぱりと忘れちゃったわ……」

強がってみせるようなその瞳の縁から涙がひと筋流れ落ちるのを、悟志は見逃さなかった。悟志はうっすらと汗が滲んだ香菜の肢体を、背後からそっと抱き締めた。

第三章　浮気癖を振り切りたくて

香菜の依頼を引き受けてから一カ月が経った頃、パソコンに関する依頼が入った。

悟志は大学を卒業してからパソコン関連の会社で三年ほど働いていた。機械的な故障については販売店やメーカーでの修理が必要になるが、簡単な操作方法などのレクチャーであれば、ある程度の対応ができる。

便利屋というだけあって依頼の種類はさまざまだが、パソコンに関しては初期設定ができないとか急にネットに繋《つな》がらなくなったというケースが多い。

今回の依頼もそういう類《たぐい》かと思ったのだが、どうも電話をしてきた依頼人の話が要領を得ず、依頼内容が判然としなかった。

後々のトラブルにならないように、手間はかかるが必ず現場の状況やリクエスト内容を確認したうえで、見積書を出すことが悟志が所属する会社のモットーだ。

律子は買い取り作業などで忙しい最中だったので、とにもかくにも悟志が見積もりにひとりで向かうことになった。

指定されたのは、住宅街の一角にあるマンションのひと部屋だった。

「すみません、わざわざ見積もりに来ていただいて。さあさあ、あがってください」

玄関から現れたのは、身長は百五十センチあるかないという小柄な女だった。年齢は三十代半ばくらいだろうか。やや丸顔で少しぽっちゃりとした感じだ。

奥二重《おくぶたえ》で小ぶりでちゅんとした感じの口元。肩よりも長い黒髪と相まって、どことなく雛人形をイメージさせる。

相手の本心はわからないが、愛想笑いを浮かべた表情からは人懐っこい雰囲気が漂ってくる。眉を隠す長さでぱつんと切り揃えた前髪と、肩甲骨《けんこうこつ》の辺りまで伸ばしたストレートヘアが、少し若作りな印象だ。

二度見したくなるような、とびっきりの美人ではないところが、逆に男に精神的な壁を作らせない。見飽きることがない美女は観賞用には相応《ふさわ》しいが、それゆえ全身からどことなく近寄り難さを醸し出している。

いまどきのアイドルにしても、クラスにいる女生徒の中でも抜群の美形よりも平均点より少し上くらいのほうが親しみやすさがあって、人気者になりやすいというのも何となく合点がいく気がした。

たとえて言うならば、おとなしそうに見える外観からか、満員電車の中で痴漢に遭《あ》いやすそうなタイプとでも表現すればいいだろうか。小柄でむちむちとした肢体は、見るからに触り心地がよさそうだ。

玄関にはおそらく夫と思われる男とふたりで並んだ写真が飾られている。玄関に置かれた靴の感じから、子供はおらず夫婦のふたり暮らしのように思われた。

見積もりを出すために簡単なアンケート用紙を手渡すと、女は宮島喜久代《みやじまきくよ》と書き入れた。必須ではない年齢欄には三十三歳と記した。

「あの……念のためにお尋ねしたいんですけど、こういうのって秘密は厳守していただけるんですよね」

「ええ、もちろんですよ。今は個人情報については、どこの会社も慎重になっています。ご希望があれば、たとえご家族といえどご依頼があったことは内密にしますよ」

「よかったわ。それを聞いて安心しました」

その言葉に、喜久代はそっと胸を撫でおろしたようだ。

「実はパソコンのデータのことなんですが、いろいろなものを保存してしまって。削除をしなくてはならないんですけれど、どうすればいいかがわからなくて」

「まあ、普通はゴミ箱に移動するのが一般的ですね」

「でも、それってその気になれば、簡単に復元することもできるんですよね」

「そうですね、復元をする気になれば元に戻すこともできなくはないですね」

「ああっ、やっぱり、復元できてしまうのね」

悟志の言葉に、喜久代は顔色を曇らせた。

「玄関先でお話する内容でもないですから、まずは問題のパソコンを見ていただこうかしら」

案内されたのは、夫婦が暮らすにはやや広めのリビングダイニングだった。ソファの前のテーブルに置かれていたのは、ノートタイプのパソコンだった。

ボディカラーがメタリックレッドなので、きっと喜久代専用のものなのだろう。

「この中に入っているデータの一部を、復元できないように完全に削除してもらいたいんです」

「全部を削除するのではなくて一部をですか？　思い切って初期化することもできますが、その場合は全てのデータが削除されることになります」

「それでは困るんです。このパソコンの中には夫との思い出の写真とかもあって……。そういうのは消さずに、一部だけを完全に削除したいんです」

「たとえば、データのバックアップを取った上で、初期化することもできますよ。その上でバックアップしたデータの中から必要なものだけを戻すこともできますが？」

「その場合って、いかにも初期化したって感じになるんじゃないかしら？」

「初期化をしたとしても、後から入れたソフトを入れ直したりすれば、いまの状態に近い状態に戻すこともできますよ」

「それだとなんだか不安だわ。主人がこのパソコンを見ることはほとんどないのだけれど、少しでも不自然だと思われたら困るんです。それだけは避けたいんです」

喜久代の表情は真剣そのものだ。ソフトなどをある程度は使うことはできても、根本的な部分をよく理解できていないタイプは少なくない。その典型のようだ。中途半端な知識があるだけに、余計に不安を感じているようだ。

「そうなると、必要なデータと不必要データをひとつずつ確認しながら消去することになります。その上で専用のソフトを使って、不必要なデータのみを完全に削除することになりますね。データの確認がひとつずつ必要になるので、思った以上に手間も時間もかかることになりますが、それでも構いませんか？」

「構いません。それでお願いできませんか」

喜久代の眼差しは真剣そのものだった。

「夫はいまは単身赴任中なんですが、来週の週末にこちらに完全に戻ってくるんです。だから、それまでに作業をお願いしたいんです」

その言葉に、悟志はスケジュール帳を確認した。幸いなことに二日後であれば、ほぼ一日自由が利く。この日であれば、多少厄介な作業になったとしても十分に対応できるだろう。

「二日後であれば、十分な時間を取って作業することができるかと思います。データ削除用のソフトはこちらで持参します。ご予算的にはこんな感じになりますが？　もちろん、追加料金などはいただきません」

悟志は作業に費やすであろうおおよその時間を計算すると、見積もりの概算を提示した。いつもは律子が主導権を握っているが、悟志にもこれくらいの権限は与えられていた。

「もちろん、他社との相見積もりを取っていただいても構いません。その上でご検討をいただければと思います」

見積もりを依頼してきた客に対する、律子の決まり文句も忘れはしない。あえてその場で決定を求めないほうが、客にはガツガツしていない優良業者として印象づけられると、口を酸っぱくするように教え込まれていたからだ。

「相見積もりなんて大丈夫です。こちらとしてもあまり時間がないものですから、是非ともお願いできませんか」

喜久代はテーブルの上に置かれたパソコンをちらりと見やると、いまにも目の前で手を合わせてしまいそうな感じで言った。

「わかりました。それでは、二日後の午後一時に伺うということでよろしいですか。その際に作業がしやすいように、予め必要なデータと削除するデータをチェックしておいていただけると助かります」

「わかりました。それでは、お願いします」

玄関まで見送ると、喜久代はこちらが恐縮してしまいくらいに深々と頭をさげた。

喜久代は普通っぽい主婦にしか見えないのに、どうして夫が単身赴任から戻ってくるまでという期限つきでパソコンのデータを削除しなくてはいけないのだろう。そう思うと、彼女が重大な秘密を抱えているように思えた。

主婦が夫に隠れてデータを抹消しなければならないような秘め事。この数年はほとんど恋愛さえしていない悟志に想像ができるのは、テレビドラマなどで見かける人妻の浮気くらいだ。

だが、喜久代からはそんなふしだらな匂いを感じはしなかった。わからないことがいっそう好奇心をかき立てる。

約束の日の午後一時、悟志は宮島家を訪れた。手元には作業用のノートパソコンやデータを削除するためのソフトを入れたカバンを提げている。

「よかったわ。お願いはしたんだけれど、それでも不安で……」

悟志の顔を見るなり、喜久代は安堵の息を洩らした。喜久代は黒に近いグレーのツイードのツーピース姿だった。

ぽっちゃりとした体形を隠すようなシンプルなツーピースは、まるで子供の授業参観に参加する母親を思わせる品のいいデザインだ。

メタリックレッドのノートパソコンには、どんなデータが保存されているかは一切聞かされてはいなかった。それだけに好奇心が湧きあがってくる。

案内されるままにノートパソコンが置かれたリビングの三人がけのソファに腰をおろすと、喜久代がコーヒーを運んできた。

作業を行うためにマウスを扱いやすいように、悟志がソファの左側に腰をおろし、その右隣に喜久代が座った。画面を確認して作業をするためには、この位置に座るのはやむを得ないことだった。

折りたたんであった、ノートパソコンの液晶画面になっているカバーを開ける。鈍い起動音を立てると、真っ黒だった画面が立ちあがり、パスワードを打ち込む画面が現れた。

「パスワードを設定してあるなら、わざわざデータを消さなくてもよさそうなものですが？」

「そうなんだけど、パスワードってお互いに想像がつくものなのよ」

「そういうものなんですか？」

「絶対に忘れないけれど、誕生日や記念日ではない文字の組み合わせなんてそうそうないのよ。夫のノートパソコンやスマホだって同じだわ。相手にとっての記念日やパスワードのヒントなんて、長く一緒にいればわかるものなんだもの。相手がその気になったら、情報なんて筒抜けになっちゃうでしょう。別居生活だったら、なんとか上手く誤魔化せたとしても同居するとなったら、お互いの秘密を守り通すなんて絶対に無理に決まってるわ」

喜久代は少し開き直った感じで笑ってみせた。

「それでは、お願いします。あくまでも秘密は厳守いたします」

念を押すと喜久代はキーボードに指先を伸ばした。顧客の秘密を厳守するのは鉄則だ。悟志はパスワードが目に入らないように、わざと視線を逸らした。

パスワードでロックされていた画面が解除され、喜久代が日常的に使っている画面が現れる。

画面下のツールバーを見る限り、特に複雑なソフトなどを入れている形跡はない。主に使っているのは、ネットに繋ぐためのブラウザと文書を作成するソフトくらいだろうか。

もっともすぐにわかる場所に、秘密のデータを保存する人間はいないだろう。

「それで問題のデータの保存場所というのは？」

「それは……ええと」

悟志の右側から喜久代の右手が伸びてくる。液晶画面をのぞき込む不自然な格好なので、悟志の右肩に喜久代の左半身が触れる体勢だ。

「ええと、ダウンロードのところから入って……。まずは、このフォルダを開いてください」

言われるままにフォルダを開くと、無数のサムネイルが現れる。

「削除するものとしないものは、前もって確認しておいてもらえましたか？」

「ええ、まあ……。実は……こういうデータなんです」

そう言うと、喜久代は細かく表示されたサムネイルのひとつをダブルクリックした。

画面に大きく表示されたのは、玄関先に飾ってあったフォトフレームに映った夫とは似ても似つかない若い男と喜久代が、身体を密着させている姿だった。

密着どころではない。腕はお互いの背中に回り、唇と唇を寄せている。背景から察するにプリクラだろうか。まるで第三者に見せつけようとしているようなポーズだ。

「こっ、これは……」

冷静でいなくてはと思っても、ついつい動揺の声が洩れてしまう。

「いわゆる浮気相手との思い出っていえばいいのかしら。この彼は年下で可愛いタイプだったの。それで彼が撮りたいっていうからプリクラを撮って。それをスマホで撮影した後、自分のパソコン用のメールアドレスに送って、画像をノートパソコンに保存しておいたの」

「あの、ええと……」

喜久代は懐かしそうに、液晶画面に映し出されたツーショットを眺めている。

「ああ、この彼とは出会い系で知り合ったの。年上の主婦に憧れてるなんて書いてあったから、ついいね。思えば、彼が最初の浮気相手だったのよね」

喜久代は悪びれる素振りはなかった。

「だって、夫は仕事が忙しいというが口癖で、全然構ってくれないんだもの。おまけに疲れた、疲れたって言って、エッチだって全然しようとしないのよ」

小ぶりな唇をにゅんと尖らせながら、喜久代が夫への不満を口にする。

「そんなときに、夫が単身赴任をすることになったの。最初は寂しいような気もしたんだけど、一週間もするとなんとなく自由にしていいような気持ちになったのよ。わかるかしら、籠《かご》の鳥だって扉が開いていたら、外の世界はどんなだろうって飛び出したくなったりするものなの。それで、一度飛び出してみたら想像していた以上に楽しいんだもの。すっかりクセになっちゃって……」

「はあ、そういうものなんですか」

悟志は曖昧に答えるしかなかった。相手が客である以上、不貞行為を目の当たりにしても非難めいた言葉を口にできるはずもない。

「でも、大丈夫なんですか。浮気相手と一緒にいるところを撮影したりして」

「それならば大丈夫よ。わたしのスマホを使って撮影しているから、相手のスマホには画像はひとつも残っていないの」

悟志が抱いた疑問を払拭《ふっしょく》するように喜久代が明るく答える。人妻なので、その辺りのことには気を配っているようだ。

「では、これはフォルダーごと削除していいですか？」

「あっ、待って。最後にちゃんと見ておきたいの。いいでしょう」

そう言うと、喜久代はサムネイルを次々とクリックした。サムネイルだとはっきりしなかった画像が、画面に大きく表示される。

スマホで撮影したとはいえ画質は悪くはない。それも撮影をしているのは喜久代ではなく、相手の男のようだ。

男の視線で撮られた画像に映る喜久代は、目の前にいる本人よりもはるかに生き生きとして見える。

牡を誘うような媚《こ》びを孕んだ視線を目の当たりにしていると、なんだか自分自身が誘惑されているような錯覚を覚えてしまいそうになる。

望んでいるわけではないが、まるで他人の秘め事をのぞき見しているような気まずさが喉元を締めつける。

「んっ、んんっ……」

悟志は軽く咳払いをした。隣では悟志も画面をのぞき込んでいるというのに、喜久代はそれを意に介するようすはなかった。

「そうそう、このときのデートは最高に楽しかったわ。わたしのリクエストで遊園地に行ったのよ。旦那は人混みが嫌いな上に、絶叫マシーンも大っ嫌いなんだもの。十年ぶりくらいだったから、若い頃に戻ったみたいで、すっごくはしゃいじゃったわ」

喜久代は画像を指さしながら、悟志に向かって事細かにそのときの状況を説明する。まるでのろけ話を聞かされているみたいだ。

「このフォルダーの画像はこれで全部ですね。では、削除して大丈夫ですか？」

「ああ、そうね。思い出に耽《ふけ》っている場合じゃなかったわね。名残り惜しいけれど、これればかりは仕方がないわ。もしも旦那に見つかったら、大変なことになってしまうものね」

喜久代の唇から無念そうな吐息が洩れる。悟志の仕事はあくまでも画像の抹消だ。思い出話に付き合っていては、いつまで経っても作業は遅々として進まない。

「じゃあ、削除しますよ。いいですね」

念を押してから削除ボタンをクリックすると、喜久代の唇から小さいため息がこぼれ落ちた。

しかし、フォルダーはこれだけではなかった。次々とフォルダーを開けては画像を確認していく。喜久代は几帳面な性格なのか、浮気相手ごとにフォルダーを分けているらしい。

フォルダーごと削除してしまえば、作業も次々と進んでいくが、喜久代はどうしても削除をする前に画像を確認しておきたいようだ。

それは浮気相手との別れの儀式みたいに思えた。フォルダーの数からしても、浮気相手の数は両手の指では収まりきらない。

パソコンの画面に視線を注ぐ喜久代の姿を見ていても、出会い系サイトで浮気を重ねているようには見えない。

ファッションはややぽっちゃりとした体形を隠すように地味な印象だし、メイクも控えめな感じだ。ぷりっとしているが、やや小ぶりな唇を彩るルージュもナチュラルなベージュカラーで、派手さは微塵《みじん》も感じられなかった。

「ごめんなさいね。びっくりしちゃうわよね」

言葉数が少なくなっている悟志の顔色を察知したのか、喜久代が話しかけてくる。

「いっ、いえ……そんな、仕事ですから……大丈夫です」

なにが大丈夫なのかは、悟志自身にもわからない。しかし、それ以外に上手い言葉が見つからないのだ。

「わたしって地味だし、遊んでいるタイプには見えないでしょう。だから、余計に意外に思えるかも知れないわね。だけど、不思議なのよね。出会い系サイトだと派手な美人よりも、わたしみたいな普通っぽい人妻のほうがモテるみたいなの」

「はあ、そういうものなんですか……」

「旦那が単身赴任をしているのをいいことに浮気三昧《ざんまい》なんて、きっとひどい女だと思われちゃうわね」

「いえ、そんなことは……」

「実はね、あんまり恋愛経験もないまま結婚しちゃったの。十歳上の旦那はもともと淡白なタイプなんだと思うわ。滅多にその気にならないクセに、たまにエッチをするときだってお義理みたいにキスをして、愛撫だってろくにしないままに挿入《い》れて、自分のペースで腰を振って終わりなんだもの。それじゃあ、わたしは完全に置いてきぼりよね」

「でも、ご夫婦仲が悪いってわけではないんですよね」

「そうね、いまのところは子供はいないけれど、別に派手な喧嘩をしたこともないし、普通に暮らしているわ。でも、女ってそれだけでは満足ができないの。恋人同士みたいにデートだってしたいし、エッチだって時間をかけて濃厚に愛して欲しいのよ。でも、旦那はそういうタイプじゃないの」

「僕は独身なんでそういうことはよくわからないんですが、そういう男の人もいるんじゃないですか。一緒にいるだけでいいと思ってしまうのもわかる気がします」

「そうね、生活そのものに不満があるわけじゃないの。でも、やっぱり刺激が欲しいのよ。女なんだもの、嘘でもいいから綺麗だよとか、可愛いよって囁かれたいのよ。それって、我が儘なのかしら？」

喜久代は前のめりになると、悟志の顔をじっとのぞき込んだ。男の心の奥底を探るような真っ直《まっす》ぐな視線に喉の渇きを覚えてしまう。悟志はテーブルの上に置かれたコーヒーに口をつけた。

「我が儘かどうかはわかりませんが、やっぱり女性っていうのは、愛されてるっていう実感が欲しいのかも知れませんね」

悟志にできるのは、客である喜久代の意見に賛同することしかない。

まだ仕事に慣れずに悩んでいた頃に、律子から、

『女ってどんなに仲がいい友人にも、絶対に隠しておきたい秘密を持っているの。でも秘密にしたままだと、心がしんどくなっていくものなのよ。そんなときは日常生活で接点がない相手に、秘密や愚痴を聞いてもらいたくなったりするの。だから、電話占いなんかが流行《はや》るのかも知れないわね。それにね、不思議なことに同性には秘密を打ち明けたくないっていう女性も少なくないの。女としてのプライドが邪魔するのか

しら。そういう意味では意外と聞き上手だし、説教がましいことを言ったりしない悟志は、この仕事に向いてると思うわ』

と言われたことが、ふと脳裏をよぎった。

きっと喜久代は秘密を秘密のまま消し去る前に、誰かに聞いて欲しくてたまらないのだろう。そう思うと、浮気の確固たる証拠の画像を見せるのも合点がいく気がした。

「そうなのよ、わかってくれるなんて嬉しいわ。旦那は主婦は主婦らしく、家で料理を作って亭主の帰りを待っていればいいんだっていう古臭いタイプなのよ。でも、刺激がない毎日を送ってると、このままオバさんになっちゃうんじゃないかって不安になってくるの」

共感を得られたとばかりに、喜久代は悟志の右腕に手を絡めてきた。彼女の身体からわずかに立ち昇る、オリエンタル系の香水の匂いが鼻先を刺激する。

しかし、ここで一番肝心なことは依頼の内容に沿うように、喜久代の夫に知られる前に浮気の痕跡を跡形もなく抹消することなのだ。それだけは忘れてはならない。

「じゃあ、確認が済んだフォルダーは順番に削除していきますね。いいですね」

悟志はカーソルを合わせると、フォルダーをひとつずつ削除していく。そのたびに、喜久代の口元から名残惜しげな吐息が洩れる。しかし、悟志はあえてそれに気づかない振りをした。

「削除するフォルダーはこれで全部ですか？」

「あっ、ごめんなさい。いままでのは画像で、まだ動画のフォルダーが残っているの」

動画と聞いた瞬間、悟志は目元がぴゅくりとひくつくのを覚えた。タイプがまったく違う男たちと身体を寄り添わせている画像だけでも、十分すぎるぐらいに扇情的だ。動画と聞けば、否が応にもさらにふしだらなものを想像してしまう。努めて冷静さを装ってはいたが、悟志の下半身はすでにかすかな反応を見せていた。

「ええと、動画はこっちに保存してあるの」

喜久代の指先が、マウスを摑んでいた悟志の指先に重なる。左手の薬指に光る鈍い銀色の指輪が、隣にいる喜久代が人妻だということをなによりも雄弁に物語っていた。

悟志の指に重なった指先がマウスをクリックすると、動画が表示された。映り込む背景から、それは一般の家屋ではなく、宿泊施設だと想像することができた。ダブルサイズのベッドだけが妙に存在感がある内装からも、シティホテルではなくラブホテルだと推察できる。なんとなく探偵にでもなったような気分だ。

「あっ、待って……。ちょっと恥ずかしいわ」

「だったら、このまま削除しますか？」

「だめっ、まだ消さないで……。最後にちゃんと観ておきたいの」

マウスを掴んだ悟志の手の甲に左手を重ねたまま、喜久代はイヤイヤをするように頭を振った。削除しなければと思っていると言いながらも、喜久代はその動画に対して思い入れがあるみたいだ。

「この彼とが一番長くて半年くらいお付き合いをしたの。旦那が単身赴任から戻ってくるのがわかって彼とはサヨサラをしたんだけど、単身赴任が続いていればいまも付き合っていたと思うわ。いままでに出会った浮気相手の中で一番好きだったの。エッチの、エッチの相性も一番よくて……」

喜久代が苦渋の声を絞り出す。女らしい指先が、悟志の指越しに再生ボタンをクリックする。

画面に映し出されたのは、ラブホテルなどに備えつけられた浴衣《ゆかた》を身にまとった喜久代の姿だった。シャワーを浴びた直後なのだろう。長いストレートヘアの前髪がわずかに濡れているのがわかる。

喜久代は目を伏せて、おちょぼ口を突き出していた。誰が見てもわかる、口づけをねだる仕草だ。

にゅっ、ちゅぷっ……。唇同士が重なる、はしたない音をカメラが拾っている。パソコンの画面から流れてくる音が、まるで目の前で繰り広げられているかのように、臨場感を持って鼓膜を挑発してくる。

「ああん、そうよ。このときが彼との最後のエッチだったの。なんだか思い出しちゃうわぁ。このときはスマホじゃなくて、わたしが持っているハンディカメラで撮影したの」

悟志の右肩にしなだれかかりながら、ひとり言みたいに喜久代が呟く。

『キミからキスして……』

パソコンの画面の中で男が囁く。もちろん男の顔は映っていない。映っているのは喜久代の姿だけだ。

喜久代はカメラを意識するみたいに唇をすぼめると、わずかに髭を蓄えた男の口元に唇を重ねた。唇の表面だけを擦り合せるキスは、あっという間に舌先同士をねっちりと絡み合わせる濃厚なものに変わっていった。

彼女の脳裏には、浮気相手とのセックスが生々しく再生されているのだろう。口元からこぼれる息遣いが少しずつ艶っぽいものに変化していく。

悟志の肩先で狂おしげにこぼれる息遣いは、パソコンの画面の中に映し出された喜久代の呼吸と同調《シンクロ》しているみたいだ。

耳元にそんな気配を感じては、いくら冷静でいなくてはと思っていても、悟志も尋常ではいられない。制服で包まれた下腹部では理性に反旗を翻《ひるがえ》すように、牡の象徴がむくむくと力を蓄えていく。

「観ているだけで、あのときのことを思い出しちゃうっ……」

喜久代はうっとりとした声を洩らすと、悟志の耳の縁にかぷりと歯を立てた。画面の中でも、喜久代が男の耳を舌先でそっと舐め回している。

まるで画面に映る光景を、悟志を相手に再現しているみたいだ。

『ねえ、オチ×ポを触ってもいい？』

画面の中の喜久代の指先が男の下半身をまさぐる。同時に、悟志の制服のズボンの合わせ目を目がけて、色白の指先が忍び寄ってきた。

「お願い、キスして……」

喜久代が唇を突き出してくる。小ぶりだが見るからに柔らかそうな唇に吸い寄せられてしまいそうになるのを悟志は懸命に堪えた。

「あぁーん、見ていたら興奮しちゃったの。ねえ、お願いだから。浮気はこれで最後にするわ。旦那が戻ってきたら、元通りの普通の奥さんに戻るから……」

哀願の言葉を口にすると、喜久代は身体を乗り出すようにして唇を押しつけてきた。

「はあっ、これだけで感じちゃうっ……」

これが欲しかったと言わんばかりに、喜久代は、はあっと悩ましく身体をくねらせると、舌先を潜り込ませてきた。

前歯の表面や唇の内側に舌を這わせるだけではなく、上顎の内側の骨ばった部分にまで舌先を伸ばし、れろりれろりと舐め回してくる。

自分の舌が触れたとしてもなんともないというのに、年上の人妻の舌先が口の中に張りついていると思うと、うなじの辺りが痺れるみたいだ。

全身の肌がさざめくような快感に、たまらず悟志はくぐもった声を洩らした。これが見るからに色恋にかけては百戦錬磨、といったオーラを滲ませている美熟女や美魔女だったとしたら、ここまで胸がざわめかないかも知れない。

だが喜久代は見るからに大人しそうな人妻で、男の心身を翻弄《ほんろう》するようなタイプには見えない。その落差が、逆に興奮を倍増しにしている。

パソコンの画面では、喜久代が浮気相手とのセックスに没頭している。浴衣の前合わせがはだけ、ぽっちゃりとした丸い肩先が剝き出しになっていた。

男の指先が浴衣を掴み、それを強引に左右にはだけさせると、ブラジャーを着けていない乳房が恥ずかしそうにまろび出る。肉感的な肢体に相応しく、見るからに重たげな乳房は重力に引きずられるように、やや下方に重心があった。

画面越しに見ても、Ｇカップはあるに違いない。逆にそれだけの巨乳が少しも垂れずにいたら、なんだか作り物のようにも思えてしまう。

パソコンの画面に映る喜久代の姿と、リアルにすり寄ってくる彼女の体温に悟志の頭の中は混乱していくばかりだ。

『ああん、いいわぁ……』

画面の中の喜久代があられもない声を迸らせる。男の舌先をねだるように、喜久代は胸元を突き出し喜悦の表情を浮かべていた。

「ああ、思い出しちゃうわ……感じちゃうっ……」

ズボンのファスナー部分をまさぐる喜久代の指使いが、あからさまなタッチに変化していく。悟志の昂ぶりを探るように、指先を肉柱に食い込ませ、上下に緩やかに擦りあげる。

「そんな、奥さん、いけません。ダメですって。そんなことをしたら……。僕はパソコンの作業に来ているんですっ」

悟志はソファに尻を沈めるようにして、体躯を左右に揺さぶった。

「でも、あなたのココはダメとは言っていないみたいよ」

喜久代はしたり顔で、男らしさを滾らせたペニスに指先を食い込ませる。いくら視覚や触覚で挑発されたとしても、これでは喜久代の意のままにされているみたいだ。

これでは依頼の趣旨とは違う。いくら頭では抗おうと思っても、身体は男の生理に素直に反応してしまう。

「お願いよ。こんなふうに感じちゃったら、もう止まらないわ。ねっ、お願いだから。これで最後にするから。そうでないと……旦那が帰ってきたとしても、また同じことを繰り返してしまいそうなの……。それが……怖くてたまらないの……」

縄張り《テリトリー》に足を踏み入れた獲物を逃がさないというように、喜久代は悟志の体躯に手を回してくる。三十路を越えた女の執念を感じる。

「浮気はこれっきりにするから……。ねえ、お願いだから……最後に……思いっきり抱いて欲しいの」

そう言うと、喜久代はツイードのスーツの襟元に指先をかけた。スーツは丸襟で大きめの飾りボタンで前合わせを留めるようになっている。喜久代は悟志から視線を逸らすことなく、ジャケットのボタンをひとつずつ外していく。

悟志は気まずさに視線を彷徨《さまよ》わせようとしたが、こんな至近距離ではいやでも喜久代の姿が視界に入ってしまう。

前合わせボタンが三つ外れると、ピンク色に近いベージュのブラジャーが現れた。ボリューム感に溢れた乳房がフルカップのブラジャーに窮屈そうに押し込まれ、そのあわいにくっきりとした谷間を刻んでいる。

日に鮮やかな原色やパステルカラーのランジェリーは男の視線を挑発するが、逆に大人しそうに見える肌の色に近いベージュのブラジャーが人妻らしさを演出している。単身赴任とはいえ夫もときおり自宅に戻ってくることを考えれば、夫から不貞を疑われかねない、男受けする派手で際どい下着を買い揃えるのは難しいのだろう。

それが計算ずくであろうとなかろうと、喜久代が築きあげた家庭を壊してまで、浮気相手とのふしだらな関係にのめり込もうとしているわけではないことが伝わってくる。

ジャケットの前合わせボタンをすべて外すと、喜久代は丸みを帯びた肩先を左右にくねらせながら腕を引き抜いた。

彼女の上半身を包んでいるのは、フルカップの総レース生地のブラジャーだけになる。繊細なレース生地からわずかに素肌が透けて見えるのが、なんとも色っぽい。

「見られてると、身体が火照っちゃうみたい」

喜久代は胸元を隠すことなく、肢体をくねらせた。ブラジャーに包まれていても、誇らしげに突き出した乳房の量感は牡の視覚を誘惑する。脇の下の辺りの柔らかそうな肉が、ブラジャーからはみ出しているのが妙に生々しく見える。

背中に手を回すと、喜久代はブラジャーの後ろホックを外した。ぶるるんという音が聞こえそうなほど巨大な果実が、弾むように飛び出してくる。

「ねえ、見て。みんなが大きいねって褒めてくれたのよ」

喜久代は露わになった乳房を両手で下から支えるように持つと、胸元を反らすようにして悟志に見せつけた。乳房の大きさに比例するようにカフェオレ色の乳輪はやや大き目で、牡の視線を挑発するみたいに乳首がにゅんとしこり立っている。

「ねえ、女に恥をかかせないで……」

喜久代は舌舐めずりをしながら、悟志の顔を熱っぽく見つめた。

「まさか、ビデオで撮影したりしていませんよね」

「そんなはずがあるわけがないでしょう。ＳＮＳでしかやり取りをしていなかった浮気相手とは違うのよ。なにか問題があったときに困るのは、女のわたしのほうだもの」

悟志の疑念を払拭するように、喜久代は口角をあげて笑ってみせた。

「もうっ、そんなつまらないことを言わないで」

上半身だけ裸になった喜久代はソファに座っていた悟志の制服の上着に手をかけると、ボタンをゆっくりと外していった。上着の下に着ていたインナーシャツを摑み、逸る気持ちに任せ少々乱暴に首元から引き抜きにかかる。

これでお互いに上半身だけが露わになった。

「ねえ、美味《おい》しそうに見えない？」

曖昧な表現で男の心に揺さぶりをかけると、喜久代は右の乳房を両手で摑み、自らの口元に手繰り寄せた。つぅんと尖り立った乳首目がけて、粒だったピンク色の舌先がぐっと伸びてくる。

にゅっ、ちゅるりっ……。コーラルピンクの舌が、直径一センチ以上ある筒状の乳首に絡みつく。

喜久代はわざとちゅっ、ちゅちゅっと水っぽい音を立てながら、舌先で乳首を舐め回した。よほどの巨乳でなければできない卑猥な仕草に、思わず視線を奪われてしまう。

舌先がねっちょりと絡みついた喜久代の乳房の頂《いただき》は、ぬるついた光を放ち悟志を誘っているみたいだ。悟志はくぅっという懊悩《おうのう》の声を発しながら、拳をぎゅっと握り締めた。

「ああんっ、意外と我慢強いのね。そんな顔を見ていると、余計にソノ気にさせたくなっちゃうわ」

いまにも崩壊しそうな理性だけで必死に踏みとどまっている悟志の耳元に向かって、喜久代は意味深な言葉を囁きながらふーっと息を吹きかけた。

「こういうのはどうかしら？」

ベージュのルージュを塗った唇に笑みを浮かべると、喜久代は両手で摑んだ右の乳房をじりじりと近づけてきた。

唾液で濡れた乳首が、女とは違う直径五ミリほどの小さな男の乳首の上をゆるゆるとなぞりあげる。普段は性感帯として意識したことさえないというのに、唾液まみれの乳首で淫猥な悪戯をされると、思わずうわずった声が洩れてしまう。

「ふふっ、男の人だって本当はおっぱいが感じるんでしょう？」

猫なで声で囁《ささや》きながら、喜久代は悟志の小さな乳首の上に迫力に満ちた乳首を重ね、くりくりとこねくり回す。とても人妻とは思えない卑猥すぎる技に、悟志は歯を食いしばって呻き声を洩らした。

男のクセに乳首を弄ばれて感じてるなんて思われたくない……。

しかし、肌色に近い淡い色合いの男の乳首は、思いとは裏腹に硬くなっていくいっぽうだ。唾液のぬるぬるとした感触が、想像以上の心地よさを呼び起こしている。

こんなにも乳首が硬くなったことはない気がした。年上の人妻の巨乳で弄ばれていると思うと、湧きあがってくる快感を押し殺すことなど不可能だ。

「あっ、ああっ……」

体の深部から込みあげてくる快美感に、悟志は唇を半開きにして女のような悩ましい声を洩らした。

「ねっ、乳首だけでこんなに気持ちがいいのよ。ソノ気になってくれるなら、もっともっと気持ちがいいことをいっぱいしてあげるわ……」

淫戯にぐらつく悟志に揺さぶりをかけるように、喜久代は前のめりになると牡の乳首にしゃぶりついた。乳首の付け根に軽く歯を立てるようにしながら、突き出した表面をちろちろと執念ぶかく舐め回す。

「乳首がどんどん硬くなってくるわ。男の人だって本当は感じやすいのよね」

悟志の顔を上目遣いで観察しながら、喜久代は嬉しそうに囁いた。その表情は、慎ましやかな人妻然として玄関で出迎えたときとは別人みたいだ。

悟志はまるで女郎蜘蛛《じょろうぐも》の巣にかかった蜻蛉《かげろう》のようだ。逃れようと抵抗すればするほどに、その身に蜘蛛の糸が絡みついてくる。

「んっ、くうっ……」

低い呻き声をあげると、悟志は決死の反撃をするように体躯を揺さぶり、喜久代の左の乳房にむしゃぶりついた。

彼女の舌使いを真似るみたいに、乳輪や乳首に舌先をまとわりつかせる。グミみたいな乳首に軽く歯を食い込ませると、喜久代の声が甘さを増した。

「あっ、ああーんっ……いいっ、気持ちいいっ、あーんっ、おっぱい噛んでぇ……。もっ、もっと噛んでぇっ……」

喜久代は顎先を突き出しながら、悟志の後頭部をかき抱いた。淫らなおねだりをする声がリビングに響きわたる。

歯をきりきりと食い込ませると、彼女の声が甲高くなる。どうやら、喜久代はソフトなタッチの舐め回しよりも、少し痛みを覚えるくらいの強烈な愛撫を好むようだ。

悟志は左の乳房に吸いつきながら、右の乳首に左手の親指と人差し指の爪をきりきりと食い込ませた。左の乳房には舌先での愛撫、右の乳房には指先での少し加虐的な愛撫。

「ああ、おっぱいが……おっぱいがぁ……」

趣きが異なるふたつの愛撫に、喜久代は長い黒髪を乱しながら身悶えた。それでも人妻の淫情はとどまるところを知らないらしい。双《そう》の乳房への愛撫に喘ぎながらも、男の股間に指先を伸ばしてくる。

「悟志さんのだって……ぎちぎちになってるっ……」

「こんなふうに興奮させたのは誰ですか？」

「だって……だってえっ……」

喜久代は言い訳めいた言葉を口にしながらも、制服のズボンに包まれた悟志の屹立から指先を離そうとはしなかった。

それどころか、両手を使ってズボンのベルトやファスナーの引きおろしにかかる。ここまできてしまったのだ。悟志だって収まりがつくはずがない。

悟志も身体をひねりながら、喜久代のスカートの後ろホックを外し、ファスナーの金具を摑んだ。

三人がけのソファの上で、主導権を奪い合うようにふたりは互いの衣服を毟《むし》り取った。悟志の体躯からズボンが剝ぎ取られたとき、喜久代は肌色のストッキングとベージュのショーツしか身に着けていない姿になった。

少々手荒に反撃したせいだろうか、喜久代のストッキングにぴっというかすかな音を立てて伝線が走った。不思議なもので、ストッキングは伝線などが起こる前は丁寧に扱わなければと思ってしまう。

しかし、伝線が起きてしまった途端、その価値は失われる。二度と履けないものは大切に扱われることはないからだ。かつて悟志が交際した恋人たちは、バッグの中に予備のストッキングを常備していた。

ましてや、ここは喜久代の自宅なのだ。替えのストッキングの心配などする必要はない。それが悟志を強気にさせた。

悟志はストッキングの伝線した部位に指先をかけると、力を込めて左右に引き裂いた。

伝線する前はある程度の強度があるサポートタイプのストッキングでも、一旦伝線してしまえば、その強度は著しく劣化する。ましてや、乱暴に破こうとすれば容易《たやす》く原型を留めなくなる。

ところどころ破けたストッキングからは、むっちりとした素足がのぞいている。まるで暴漢に襲われたかのようなしどけない姿が、悟志の嗜虐《しぎゃく》欲に火を点ける。

「本当にいやらしい奥さんですね」

「スケベな女は嫌い？　旦那がいるのに、浮気を繰り返していたような女のことは軽蔑する？」

喜久代は瞳の奥に妖しい光を宿しながら問いかけてくる。そこにいたのは、女の情念の赴くままに男の身体を貪ろうとする三十路の人妻の姿だった。

「旦那がいけないのよ。女は二十代よりも三十代のほうがずっと感じるようになるの。四十代、五十代になったら、もっともっと感じるようになるんじゃないかしら。旦那が構ってくれないのなら、愛してくれる男の人が欲しくなるのは当たり前だわ」

まるで自身の不貞を正当化するように嘯《うそぶ》くと、喜久代は原型を留めなくなっているストッキングを自ら脱ぎ捨てた。ウエストラインからふくよかな曲線を描く下腹部を覆い隠しているのは、ベージュ色の総レース生地のショーツだけになる。

レース生地を押しあげるように恥らいの若草が密生し、レースの隙間から黒々とした縮れ毛が何本かはみ出している。

「ねえ、脱いだほうがいい？　それとも脱がしてくれる？」

ショーツしか身に着けていない喜久代は熟れたヒップを揺さぶって、牡の攻撃本能を煽り立ててくる。

本来の依頼とはかけ離れているが、依頼人《クライアント》が望んでいる以上は、応えるのも業務の一環なのだと自分に言い聞かせようとする。我ながら苦しい言い訳だが、浮気という悪癖をすっぱり捨て去りたい喜久代のため、と思い込むことにした。

「本当にこれっきりで浮気を止めるんですよね？」

「本当よ、本当に最後にするわ。その代わり、思いっきり感じさせて……」

悟志はショーツ一枚になった喜久代の肢体をソファの上に仰向けに押し倒すと、身体の向きを変えて彼女の頭部を跨ぐように膝をついた。トランクスとショーツを身に着けているが、男が上に覆い被さる形のシックスナインの体勢だ。

最後の一枚に先に手を伸ばしたのは、喜久代のほうが先だった。彼女はトランクスのゴムの部分に指先をかけると、果物の薄皮を剝くみたいにそれをずるりと引きずりおろした。

痛いくらいに男らしさを漲らせたペニスは下腹につきそうな角度で反り返っているが、押さえつけていたトランクスを奪われた解放感に淫嚢がだらりと垂れさがる。

悟志は片方ずつ膝をあげて、無用の長物になったトランクスを脱ぎ落とした。

「ああん、オチ×ポが飛びだしてきたわ」

感極まった声をあげるなり、喜久代は目の前のペニスに口元を寄せてきた。いきなりしゃぶりついたりはしない。尿道口からカウパー氏腺液を滲ませる亀頭に鼻先を寄せて、牡の性臭を楽しんでいる。

喜久代の鼻先や口元から吹きかかる息の熱さに、男根がびくんと跳ねあがった。

「くうっ……」

淫らな期待に、悟志の唇からも熱気を孕んだ呼吸が洩れてしまう。悟志は早くしゃぶって欲しいとせがむ代わりに、喜久代の太腿を両手で高々と抱えあげると、左右に大きく割り広げた。

丸いラインを描く熟れ尻を包むショーツの船底には、ねっとりとした甘蜜が滲み出し、破廉恥な模様を形づくっていた。太腿を左右に押し広げたことで、淫部から漂う牝の匂いがきつくなる。

喜久代が言うとおり、三十路は性欲が強くなる時期なのだろう。酸味を帯びた甘ったるい香りは、鼻先を寄せていつまでも嗅いでいたくなるような魅惑的なものだ。

悟志はあえてショーツの上から淫裂を指先でそっとなぞりあげた。ショーツに滲み出していた濡れジミが見る見るうちに広がっていく。

指先の感覚だけでも、ショーツの中がうるうるとした蜜で溢れ返っているのがわかった。芳醇な牝のフェロモン臭がいっそう強くなる。

「あっ、ああんっ……ショーツの中が……ぬるんぬるんになっちゃってるっ」

喜久代は悩ましい声を洩らすと、右手でペニスを摑み、亀頭を舌先ででろりと舐めあげた。大きく伸ばした舌先が、牡茎にねっとりと絡みついてくる。まるで、自らの秘唇もこんなふうに執念ぶかく愛撫して欲しいと訴えているみたいだ。

しかし、悟志はショーツの上から指先での愛撫を繰り返した。夥《おびただ》しい愛液は二枚重ねになっているショーツのクロッチ部分だけに溜まりきらず、悟志の指先をべっとりと濡らしていく。まるで指先が蜜液でふやけてしまいそうなほどだ。

「ああん、焦らさないでえっ……早くぅっ……」

「焦らしてなんかいませんよ。じっくりと可愛がっているんですよ」

切羽詰まった声をあげる喜久代の心身を弄ぶように、悟志は人差し指で蜜唇をくりくりと刺激した。ショーツの上からでも、充血したクリトリスがぷりっとしこり立っているのがわかる。

ぬめり返ったショーツ越しに淫核に狙いを定めてつっ、つつっとリズミカルに刺激すると、喜久代はもどかしげにヒップを揺さぶりながら惑乱の声を迸らせた。

「たっぷり可愛がって欲しいんですよね。だったら、まずは僕のをじっくりと愛してくださいよ」

焦れる喜久代を追いつめるように、悟志は剝き出しになった男根を左右に揺さぶってみせた。

テーブルに置かれたパソコンの画面には、浮気相手とのセックスに興じる喜久代のあられもない姿が映し出され、喜悦の声が響いている。

ときおり画面をチラ見すると、男として負けてはいられないという心持ちになるのは当然のことだった。

ショーツの中に隠れたクリトリスは、小さく大きくと円を描くように動く人差し指の腹を押し返してくるほどに硬くなっている。

「はあっ、お指だけなんて……ああーん、意地悪ぅっ……ナメナメしてよぉっ」

快感が詰まった肉蕾を、舌先で愛撫されたくてたまらないのだろう。喜久代は幼子のように足先をじたばたさせている。

「ああんっ、あんまり焦らすんだったら……」

喜久代は大きく唇を開くと、これ以上は飲み込めないというくらいに怒張を深々と咥え込んだ。頬をすぼめるようにして、生温かい口内粘膜を密着させてくる。

それだけでなかった。表面を波打たせている淫嚢に左手の指先をソフトなタッチで食い込ませ、袋の中に納まっているふたつの睾丸を、やんわりと擦り合わせる。

自分でもオナニーのときに弄ったことはあるが、それとは比べ物にならない快感が込みあげてくる。たまらず、悟志は低く呻いた。

「タマタマも感じるでしょう。だったらこんなふうにしたらどうかしら？」

悟志の反応に気をよくしたのか、深々と咥え込んでいたペニスを吐き出すと、喜久代は今度は玉袋をぢゅぷりと舐め回した。さらに右側の睾丸を口の中に含み、舌先でじっくりと舐め転がす。

思わず、腰が前後してしまいそうになる。すると、喜久代はさらに左側の睾丸まで口の中に強引に押し込んだ。

ふたつの玉袋が、しっとりとした口内粘膜ですっぽりと覆われ、いやらしく玉袋同士を擦り合わされていた。

いままで感じたことがない快感に、悟志は背筋をのけ反らせた。これではヤラれっぱなしだ。

悟志はふんっと気張ると、指先に神経を集中して淫豆の上で小刻みに震わせた。悟志の玉袋で口元が完全に塞《ふさ》がれているとはいえ、喜久代の鼻先から洩れる息遣いが荒くなっていくのがわかる。

指先に感じるクリトリスのふくれ具合からも絶頂が近づいているのを感じた。悟志は舌先を伸ばすと、ショーツに密着させてやや荒っぽく上下に振りたくった。

「んん、ぁあっ……」

激しすぎる舌使いに、喜久代は玉袋を含んでいられなくなったみたいだ。

「そっ、そんなにされたら、咥えていられなくなっちゃうっ……」

喜久代は口から玉袋を吐き出すと、今度は陰嚢《いんのう》の付け根の裏側から肛門にかけてのラインに舌先を伸ばしてくる。

そこは皮膚というより、ペニスなど同じく表皮の色が鮮やかで粘膜に近い部位だ。自身ですら鏡を使わなければ満足に見れない場所を、喜久代は躊躇うことなく舌先でちろちろと舐め回す。

まるで美味しいキャンディーに舌を這わせているみたいな舌先の音が響く。玄関先で悟志を出迎えたのは、住宅街の一角で井戸端会議をしていそうな、ごくごく普通の主婦だったはずだ。

その彼女が男の尻の穴にまで舌先を這わせている。その強欲ぶりが、草食系男子だと思われがちな悟志をも、淫欲の底なし沼に引きずり込んでいく。

悟志は乱れる息を整えるように深呼吸をすると、クリトリス目がけて舌先を伸ばし、ショーツ越しに荒っぽく、かつ執拗にクリックした。

「ああっ、気持ちいいっっ……ぬるんぬるんしてるショーツでこすられて……気持ちいいのっ……きっ、気持ちいいっ……ああっ、おかしくなっちゃう……イッ、イッちゃ、イッちゃっ……！」

ショーツの中で爆《は》ぜるみたいに、クリトリスがひと回り大きくなったような気がした。クリトリスを囲む大淫唇や肉質が柔らかい内腿が不規則にわなないている。

「まだまだ、これからですよ」

言うなり、悟志はいままでわざと脱がせずにおいたショーツを少し手荒に剝ぎ取った。ショーツに覆われていた女のあわいは夥しい蜜にまみれている。牡を誘う濃厚な香り。

悟志は小刻みに震えている女の割れ目にむしゃぶりついた。小指の先くらいの大きさにふくれあがっている淫蕾を舌先で弄《いら》うと、喜久代の腹部が不規則な蠢きを見せる。

女は普段は胸式呼吸をしているが、絶頂を迎えると腹式呼吸に変化する。喜久代が間違いなくエクスタシーに達した証だ。

「ああっ、イッちゃったばかりの……オマ×コを舐められたら……ヘンになるっ……ヘンになっちゃうっ」

喜久代は狂おしげに下半身をくねらせて、悟志の口唇愛撫から逃れようとしたが、悟志は逃がさないとばかりに肉感的な臀部を両手でがっちりと摑んだ。

「ああ、感じすぎて……ヘンになっちゃうっ……」

なにかに摑まらずにはいられない喜久代の右手が摑んだのは、逞しさを蓄えた悟志の男根だった。力が入りきらない指先が、ペニスをゆっくりと上下にしごきあげる。

「ああん、これ以上焦らさないで……。欲しくて欲しくてたまらないの。その硬いオチ×ポでオマ×コをかき回されたくてたまらないのっ……」

セックスの魔力に取り憑《つ》かれている喜久代は、物欲しげに肉柱に指先を絡みつかせる。

喜久代はクンニで絶頂を味わっているが、悟志はまだまだ八合目というところだ。年上の人妻の口唇奉仕に射精してしまいそうになるのを、臍下に力を入れて堪えに堪えていた。不思議なもので発射しそうになるのを何度も我慢していると、段々と刺激に慣れてきて多少なりとも余裕めいたものが湧いてくる。

身体の一番芯の部分で、異性を感じたい、味わいたいのは悟志だって同じだ。悟志は喜久代の肢体の上で身体の向きを百八十度方向転換した。

正面から馬乗りになった悟志と喜久代の視線が重なる。

「これ以上もったいをつけられたら、頭がヘンになっちゃいそうよ。あんまり焦らすと、乱暴されたって大きな声をあげちゃうんだから……」

劣情に衝《つ》き動かされる喜久代は脅しめいた言葉を口にした。ここは彼女が夫と暮らす家だ。なにかあれば、より痛手を負うのは喜久代のほうだ。本気だとは思えないが、それほどまでに牡の棍棒を求めているのが伝わってくる。

パソコンの画面の中で発する喜久代の嬌声が、いっそう感極まったものになっていた。画面に視線をやると、男に組み伏せられた喜久代が正常位で深々と突き入れられている。

「そんなにチ×ポが欲しいんですか。見た目は大人しそうなのに、呆れるくらいにドスケベな奥さんですね』

「欲しいわ。オチ×ポでずこずこされたくてたまらないのっ。ねえ、早くぅっ……」

喜久代は自らむっちりとした両足を開くと、秘密の洞窟はここにあるとばかりに両足を宙に浮かせた。

花弁を開いた肉厚の花びらの隙間からは、甘ったるい匂いを放つ蜜が滴り落ちている。人妻が放つ卑猥な四文字言葉が、ペニスの先端までをも熱くするみたいだ。

悟志は両足を高々と掲げた喜久代の下半身へとにじり寄った。亀頭が花びらのあわいに触れた瞬間、喜久代はああんっと熟れた尻をくねらせる。

宙に舞う両足を裏側から押さえ込み、少しずつ体重をかけていく。ぢゅるんという音を立てながら、喜久代の膣内《なか》に偉そうにふんぞり返ったペニスをこじ入れていく。

「オッ、オチ×ポが……ぎんぎんに硬いオチ×ポが入ってくるっ……」

ようやく与えられた牡杭に、喜久代の唇から喜悦の声が迸る。外陰部は指先や舌先でたっぷりと弄んでいたが、あえて膣内には指を入れたりはしていない。

準備運動もなく、いきなり野太いモノを突き入れたのだ。しなやかな膣壁を男根でじりじりと押し広げられていくと、喜久代は狂おしげに悟志の腰の辺りに手を回した。

「ああんっ、すごいっ……オチ×ポで串刺しにされてるみたいっ……」

「そんなに気持ちがいいんですか。だったらもっと奥まで突っ込んであげますよ」

乱れる喜久代の表情に、悟志は尾てい骨の辺りがじんと痺れるような征服感を覚えた。巨乳を撒き餌《まえ》に誘惑してきた人妻を、いまは馬乗りになった自分が蹂躙している。そう思うと、喜久代が舌先を這わせた玉袋や蟻の門渡りの辺りが甘く疼くようだ。

悟志は宙に舞う喜久代の両足をぐっと掴み、自身の両肩に載せた。体重をかける屈曲位になると、彼女の肉感的な太腿がGカップの爆乳を押し潰す。

悟志はどすんという音が聞こえそうなほどにソファの上で弾みをつけて、女壺の深い部分へペニスを打ち込んでいく。喜久代が夫と並んで座っているであろうソファの上で繋がっていると思うと、背徳感が込みあげてくる。

「はあっ、奥まで来てるっ。もっともっとオマ×コをオチ×ポでかき回してぇ……」

「このソファの上で旦那さんとテレビを見たりするんでしょう。奥さんのオマ×コ汁でシミができたらマズいんじゃないんですか？」

「やぁんっ、だめっ……だけど……オツユが溢れてきちゃうっ、止められないのっ」

悟志の激しい腰使いに合わせ、喜久代は豊満な身体を弾ませた。抜き差しをするたびに、膣内《なか》に溢れ返った愛液がびしゃびしゃと噴き出してくる。

「だっ、だめっ、ソファが……エッチなシミだらけになっちゃうっ」

惑乱の声を洩らしながらも、喜久代は悟志の腰から手を離そうとはしなかった。夫に対する罪悪感を感じながらも、牡根でしか得られない肉の悦びの虜になっているみたいだ。

『あっ、いいっ……いいいいっ……』

パソコンの画面から、ひと際大きな喘ぎ声があがる。液晶画面の中では正常位で身悶えていた喜久代が、いつの間にか上半身をシーツに沈める後背位になっていた。

高々と突きあげたヒップ目がけて、肉竿が深く浅くと抜き差しを繰り返す。

『旦那が単身赴任だからって、出会い系で浮気しまくりなんて悪い女だな』

『あぁんっ、そんなふうに言わないで……だって寂しいんだもの……』

『寂しけりゃ、浮気をしまくっていいんだ。呆れるくらいにド淫乱な人妻だな』

浮気相手が悪態をつきながら、後背位で矢継《やつ》ぎ早《ばや》に腰を打ちつけるパンパンという乾いた音が聞こえてくる。

ピシッ、ピシィ……。ピストン運動とは明らかに違う音があがった。思わず画面に視線を向けると、男の平手がむっちりとした喜久代の尻を打擲《ちょうちゃく》している。

『ああん、悪い女だって……イケない人妻《おんな》だって……もっと叱って、もっと打《ぶ》ってぇっ』

尻を叩く音に合わせ、喜久代の唇から短い声があがる。しかし、それは悲壮感を滲ませるものではなく、背後から尻を打つ男に甘え、媚《こ》びを売るような声だ。

画面から洩れ聞こえてくる喜久代の声を聞いていると、浮気相手の男には負けたくないという闘争心が湧きあがってくる。

「へえ、奥さんはあんなふうにちょっと乱暴にされるのが好きみたいですね。僕のエッチじゃ物足りなかったんじゃないですか」

画面の中の男の口調を真似るように、悟志はわざと嫌味ったらしい物言いをした。

「正常位だとソファがオマ×コ汁でべったべたになりそうだから、体勢を変えたほうがよさそうですね。ほら、浮気相手とのときみたいに、両手をついてお尻を高くあげてみてくださいよ」

突き放すように言うと、悟志は深々と埋め込んでいた肉柱をずるっと引き抜いた。

喜久代の口から、あーんという未練がましい声が洩れる。

「はあんっ、見た目によらず意地が悪いのね」

「見た目によらないのはお互いさまですよ。僕だって奥さんがこんなにスキモノだとは夢にも思いませんでしたよ」

悟志はわざと奥さんという呼びかたを繰り返した。背徳感が快感を何百倍にも増幅させる。

わざと語気を強めた悟志の言葉に、喜久代はソファの上で獲物を狙うときの猫科の動物のような前傾姿勢を取った。悟志に向かって尻を高々とあげ、牡槍を誘うような扇情的なポーズだ。

悟志は下腹部に力が滾る気がした。ペニスも主の意志に従うように、鎌首をびくんと上下に弾ませる。

「思いっきりイキますよ。ドスケベ奥さんのオマ×コがヒィヒィ言うくらいにね」

むっちりと張り出した喜久代の尻をがっちりと摑むと、悟志は声のトーンを少しさげて囁いた。

濡れそぼった蜜壺にぢゅぷぢゅぶと怒張をこじ入れると、液晶画面の中で腰を振りたくる男のペースに合わせるように、腰をストロークさせる。

「ああん、いいっ、後ろからされるの……すごく気持ちいい。あーん、お願いっ、悪い女だって、打《ぶ》ってぇーっ。お尻を打ってぇーっ」

悟志の男根を根元近くまで飲み込んだまま、喜久代は熟れた桃のようなヒップをあられもなくくねらせた。

「どこまでも強欲でいやらしいんですね」

「だっ、だってぇ、オチ×ポを挿《い》れられると訳がわからなくなっちゃうの。感じたくて感じたくて……あーん、ヘンになっちゃうのぉっ……」

ソファの座面に突っ伏すように、喜久代は上半身を沈めた。それでも尻を落とそうとはしない。緩やかな円を描くようにヒップを八の字を描くように波打たせる。

「本当にイケない奥さんですね。こんなところを旦那さんが見たら卒倒するんじゃないですか」

悟志は女心を抉《えぐ》る言葉を吐くと、ぷりんとした尻目がけて右手を振りおろした。

ピッ、ピシッ……。画面の中の男が放つ音とは違う、遠慮がちな炸裂音があがる。

「ああん、そんなんじゃなく……もっと激しく打《ぶ》ってぇ、悪い女《こ》だって叱って……」

喜久代がもどかしげに、尻を右に左にと回転させる。草食系の悟志は女に手をあげるどころか、怒鳴りつけた記憶さえない。浮気性の人妻に対して皮肉を言うのでさえ、本当は清水の舞台から飛び降りるみたいに心臓がどぎまぎしている。

しかし、いまさら後には退《ひ》けない。パソコンの画面の中では、見知らぬ男が喜久代の身体を好き勝手に弄んでいる。少なくともその男には負けたくないと思った。

「この浮気性の淫乱女めっ」

悟志は右手に力を込めると、悩ましげに腰をくねらせて挑発する喜久代の右の尻に狙いを定め、平手で打ちすえた。

ビシィッ……。先ほどとは格段にキレがある音があがる。

「あっ、ああんっ、いいっ……」

喜久代は黒髪を乱すと、引きつったような声を迸らせた。平手を喰らった尻が痛みを訴えるように、ぎゅうんと膣壁が引き締まる。

「ああん……いいーんっ……」

「うあっ、しっ、締まるっ……」

ふたりの唇から同時に歓喜の声が洩れる。打擲を受けたことで、豊満な尻全体が縮みあがるみたいだ。深々と埋め込んだペニスに、膣壁がこれでもかと言わんばかりに密着し、小刻みに収縮している。

しなやかさを感じるヴァギナのどこに、こんな力強さがあるのかと思ってしまうほどだ。

「いいっ、もっとよ、もっと打ってぇーっ……いっぱい、してえっ……」

喜久代の声が悟志の背中を押す。きりきりと不規則なリズムでペニスを締めつけてくる蜜肉の感触が心地よい。

「よぉし、この淫乱女っ。旦那の代わりに、お仕置きしてやるっ」

悟志は遮二無二《しゃにむに》腰を前後に揺さぶりながら、左右の手で柔らかい尻を派手に打ち鳴らした。手のひらでのスパンキングを見舞うほどに、女壺は妖しい蠕動《ぜんどう》運動を繰り返す。

そのときだ。パソコンの画面からいままでの甘ったるさを孕んだ声とは異なる、喜久代の声が響いた。

『いやぁん、そこは……そこはだめっ……お尻の穴に挿《い》れたらダメッ……』

『だってさ、ケツマ×コならばいつだって安全日じゃないか。キミが大好きな精液を好きなだけぶち込めるんだぜ』

囁く男の声には獣じみた気配が感じられた。

『大丈夫だって、こんなにオマ×コ汁まみれなんだ。少しは痛いかも知れないが、すぐに気持ちよくなるに決まってるよ』

喜久代の女壺に突き入れたまま、悟志の視線と聴覚はパソコンの画面に集中していた。喜久代は尻を突き出した格好のまま懸命に尻を振りたくって逃れようとするが、浮気相手の腕力の前では儚《はかな》い抵抗でしかない。

ぎゅりりっ……。息を詰めて見守る悟志の目の前で、喜久代の尻の割れ目にペニスがじりじりとねじ込まれていく。

挿入する角度から見ても、その場所が蜜壺でないのは明らかだ。

『ひぃっ、ううっ……』

シーツに突っ伏した喜久代の指先に、ぎゅっと力が入っているのがわかる。不規則なその息遣いは、強引に肛門括約筋《こうもんかつやくきん》が引き伸ばされるツラさが滲んでいるみたいだ。

秘壺のときとは違い、男の腰のストロークは極めて緩やかで、まるで頑なな肛門括約筋をなだめているみたいに見える。

「奥さんって、お尻の穴にまでチ×ポを挿れられて悦ぶんですね」

背後から喜久代の蜜壺を抉りながら、悟志が囁く。

「そっ、そんな……そんなの……そんなこと……ないわ。あるわけ……ないわ」

悟志の言葉に、喜久代は身体をよじりながら否定の言葉を口にした。しかし、証拠は日の前の液晶画面に映し出されている。

少しずつ肛門括約筋がこなれてきたのだろうか。男の腰使いがなめらかになっていくにしたがい、喜久代の唇から洩れる呼吸も痛々しいものから悩ましげなものに変化していく。

「なぁんだ、大丈夫そうじゃないですか。奥さんはオマ×コだけじゃなく、お尻の穴でもチ×ポを咥え込んで悦ぶんですね」

「ああん、だめっ……お尻の穴は……それだけは……それだけは……」

背後から畳みかける悟志の言葉に、喜久代は切なげに肢体をくねらせた。しかし、散々に挑発されてきたのだ。それとて、牡の本能をくすぐるポーズにしか見えない。

悟志は喜久代のヒップを両手で摑んだまま、ペニスをじゅるりと引き抜いた。ヴァギナに取り込まれていた牡茎はとろんとろんの愛液まみれだ。

天然のローションまみれの亀頭を、菊の花の蕾のような放射線状の肉皺を見せる肛門にあてがう。尻の割れ目に感じた違和感に、喜久代は背筋をのけ反らせた。

せんよ」

「待てませんよ、あんなエッチなビデオを見せつけられたんです。我慢なんてできま

悟志は下腹に力を溜めると、ちゅんと行儀よく唇を閉ざしている菊皺をペニスの先端で強引にこじ開けていく。

「あーん、そんな……無理よ……はっ、入りっこないわっ……」

「そんなことはないですよ。ちゃんとビデオの中じゃ入ってるじゃないですか」

必死で身体をよじる喜久代を背後から抱きかかえながら、悟志は畳みかけた。亀頭に感じる抵抗感が少しずつ弱くなっていく。濃厚な潤みにまみれた牡柱が少しずつ肛門括約筋を押し広げ、彼女の体内に潜り込んでいく。

入り口の締めつけは、ヴァギナとは比べ物にならないくらいに強い。しかし、むぎゅむぎゅと締めつけてくるのは入り口だけだ。

直腸の内部はふんわりとした感触で、ペニスを包み込んでくる。入り口の締めつけと内部のソフトな肉壁のギャップがたまらない。

悟志はゆっくりと腰を前後に揺さぶった。強張っていた肉が少しずつほぐれていくみたいだ。愛液のぬめりに任せて、悟志は緩やかに腰を前に前にと押し出した。女壺

とは趣が異なる快美感に、頬が緩みそうになる。

「ああん、いいーっ……お尻の穴で感じちゃうなんてっ……」

喜久代の唇から、人妻とは思えないふしだらな言葉が飛び出してくる。

「奥さんって本当にいやらしいんですね。奥さんが大好きなチ×ポの先から精液《ザーメン》をたっぷりと発射《だ》してあげますよ」

悟志は両手の指先に力を込めて、ふっくらと張り出した熟れ尻を摑み直した。肛門括約筋はすっかりほぐれて、抜き差しするペニスに嬉しそうに絡みついてくる。

「さあ、スパートをかけますよ。お尻の穴で思いっきり感じてくださいよ」

そう言うと、悟志は渾身の腰使いを見舞った。さらに右手の指先で、ぷっくりと腫れあがった淫核を擦りあげるように悪戯する。

「ああん、こんな……こんなの、されたら……お尻の穴も、クリちゃんもヘンになるっ。頭の中がおかしくなるっ……オマ×コのことしか考えられなくなっちゃう……」

喜久代はソファの上で身体をのたうたさせた。しかし、菊座にはしっかりと男根が撃ち込まれ、逃れようがない。

「ああん、いっ、いいっ、いっ、イッちゃう……お尻の穴でイッちゃ……」

「最後の浮気だって言っていたじゃないですか。思いっきりイッていいんですよ」

悟志は背後から腰を振りたくりながら囁いた。絶頂寸前の断崖絶壁に立っているのは悟志だって同じだ。あと一歩足を踏み出したら、絶頂の深淵へ真っ逆さまに墜《お》ちていく。

「ひっ、ひぃっ……いっ、イクッ、ああっ、イグウッ！」

絶頂を迎えた肛門括約筋が、悟志の肉棒が千切れそうなくらいの激しさで締めつけてくる。

「おおっ、だっ、発射《だ》しますよ。奥さんのお尻の中に……ぜんぶ、ぶち撒けますよっ」

「いいわ、一滴残らず発射《だ》してっ……。お尻の穴の中を精液だらけにしてぇーっ！」

喜久代の法悦の声に唆《そその》かされるように、玉袋の中に詰まっていた樹液が尿道の中を駆けあがってくる。

ドッ、ドビュ、ドビュビュ……。

目の前に一瞬、青白い閃光が走った気がした。悟志は喜久代の尻をがっちりと抱きかかえたまま、熱い精液を腸内に撒き散らした。

第四章　調教されていた未亡人

「最近はずいぶんと仕事の調子がいいみたいじゃない」

「いや、それほどでも……」

助手席に座っていた律子の言葉に、悟志は謙遜《けんそん》気味に答えた。

「聞いたわよ。ピアノをやってるお嬢さまから、会社宛てにお礼のメールが来たそうじゃない。あなたに励まされていろいろと勇気が出たって。田舎に戻って私立の学校でピアノの講師をしながら、最近は動画投稿サイトで自作の曲をアップしていて、そこそこ人気が出ているんですって。なんだかインディーズの音楽みたいで格好がいいわよね」

「そうみたいですね。メールに添付されていたURLに繋いでみたら、ピアノの弾き語りの画像が投稿されていました。いまはどんなところから人気に火が点くかわからない世の中ですからね。ちょっと楽しみな気がします」

「彼女は見るからに清楚なお嬢さまだから、意外性が受けるかも知れないわよね。そんなことになったら、悟志は恩人ってことになるんじゃない。テレビとかから呼ばれたりするかもよ」

「そんなこと、あるはずないじゃないですか。あくまでも僕は引っ越しの作業を手伝っただけですよ」

楽しそうな律子の言葉に、悟志は梱包を手伝っただけだと強調した。お礼のメールを送ってきたのは、二カ月前に引っ越しを依頼した深雪だった。

両親が暮らす地元に戻ることを躊躇していた彼女だったが、メールからは充実した日々を送っているようすが伝わってきた。

些細な縁といってしまえばそれまでのことだが、多少なりともかかわった相手が、その後に不幸に身をやつしていると耳にするより、生き生きと暮らしている生活ぶりが伝わってくるほうがいいに決まっていた。

周囲からは甘いとかお人よしだと言われたとしても、それが悟志の性格だ。

「それで、今日は律子さんが気合い満点で出張《でば》ってきたってことは買い取りですよね。伺うのはどんなお宅なんですか？」

『本居《もとおり》さんっていってね、この辺りではかなり有名な旧家なのよ。いままでは塀や門構えしか見たことがないけれど、わざわざ古民家を今風にリフォームしているって噂には聞いたことがあるわ」

「旧家っていうと、律子さんが大好きな骨董品や伝統家具が期待できるんじゃないんですか」

「そうなのよ。名の知れた旧家だし、同業者から小耳にした話だと土蔵まであるらしいの。いまは古民家ブームで、年代物の家具は人気があって高値が期待できるのよ」

その口調から、普段は冷静沈着な律子が浮かれているのがわかる。骨董品や民芸家具などに囲まれて育った律子にしてみれば、それらを目の当たりにできるだけでも胸がときめくのかも知れない。

「ただ、その管理をしてるのがまだ三十代半ばの未亡人らしいのよ。わたしがこの世界に入った後に、二十歳《はたち》そこそこのお嬢さんとそこの当主が、結婚したって話題になったのを覚えているわ」

「三十半ばで未亡人って、ずいぶんと早くないですか？」

「まあ、これはあくまでも噂話なんだけれど、事業があまり上手くいっていなかった未亡人の実家に融資をするというのを条件に、うら若いひとり娘を五十半ばの旧家の主人《あるじ》に差し出したなんて話まであったのよ」

「なんだか昭和のミステリーに出てきそうな話ですね。二十歳の女性と五十代半ばの男性っていったら、親子以上に年齢が離れているじゃないですか？」

「でしょう。とはいえ、本当に嫌ならば実家のことなんか放り出して、いくらでも逃げられるわけじゃない。まあ、年齢は離れてはいたけれど、そこそこ仲はよかったんじゃないかしら。男と女なんて年齢とか容姿だけじゃ、傍《はた》からはわからないものがあるものね。いまどきは年齢差婚が流行《はや》りでしょう。一周忌が終わったという噂も流れてきてるから、そろそろいろいろなことを整理する時期なのかも知れないわね」

四十代半ばにして独身の律子は、訳知り顔で言ってみせた。骨董や古民具などに精通しているだけに、律子の耳には旧家や名家と呼ばれる家柄の情報が入ってくるらしい。

三回りも離れている旧家の主の元に嫁いだ二十歳の娘の話を聞いても、悟志にはイメージが湧かなかった。

「まあ、めぼしいものはわたしがあたりをつけておくわ。わざとアンティーク風に作った家具でさえ、結構な値段で取り引きされているのよ。時代が入った本物ならば、絶対に美味しい仕事になるんだから気を抜かないでよね」

『そんなふうに言われたって、骨董の価値が全くわからない僕には買い取りの手伝いなんてできっこありませんよ」

「前にも言ったでしょう。妙にがつがつして見えないし、聞き上手の悟志には女性は気を許しやすいって。まあ、家財道具にはいろいろと思い入れもあるだろうから、相手の心を上手く摑んで売ってもいいかなって気にしてくれればいいのよ。いい、これは上司であるわたしからの命令よ」

「そんなふうに言われたって困りますって」

「大丈夫よ。悟志にならできるわよ。わたしにはわからないけど、悟志にはこういう女の心に響くものがきっとあるのよ」

律子は運転席でハンドルを握る悟志の肩を、頼もしげにぽんぽんと叩いた。


到着したのは、広々とした古民家の敷地内にある駐車場だった。いかにも余所者《よそもの》を拒むような厳《いか》つい木製の門の前で、買い取り女王の異名を取る律子もさすがに緊張しているようだ。

いつもは持参することはないが、この日はデパートの紙袋に入った手土産を持参している。それだけでも律子の気合いが感じられた。

侵入者を警戒してか、門の周囲には防犯カメラが複数設置してあり、昭和な印象の門扉には似つかわしくない警備会社のステッカーが貼られていた。

インターホンを鳴らすと、しばらくして、

「どちらさまでいらっしゃいますか？」

と返答があった。

「ご連絡をいただいた海老沢商店でございます」

「はいっ、お持ちしておりました。少しお待ちいただけますか？」

悟志の頭の中には、二十歳の若さで三回りも年上の男に嫁いだ娘というイメージだけが強く残っていた。そのためか、ややしゃがれた声と落ち着き払った物言いは、思い描いていたイメージとは違っていた。

ギイッという金属音を立てて、木製の扉が観音開きに開いた。扉のすぐ向こう側には建物は見えない。まるでテレビなどで見る有名な高級旅館のように、手入れをされた日本庭園の中のややうねった道を進んでいく。

「すごいわね。噂には聞いていたけれど想像していた以上よ。もしも、すぐに買い取りができなかったとしても、先々のことを考えたら、このお宅とは絶対に繋がりを持ちたいわね」

隣を歩く悟志に言い聞かせるように、律子がひとり言みたいに小さな声で呟いた。

悟志はその言葉に小さく頷いた。

古民家造りの旅館のような玄関の前では、七十歳近い女が待ち構えていた。

「ようこそ、いらっしゃいました。若奥さまは奥でお待ちでいらっしゃいます」

インターホンで聞いた声の主は、この女だったのだろう。考えてみればこれだけの邸宅ならば、家政婦などがいたとしても不思議ではない。

作務衣《さむえ》を着たその女に案内をされて、家の中に入っていく。塀の外から想像していたよりも、室内は近代風にリフォームされていた。それでも、古民家特有の年季が入った柱などが重厚さを感じさせる。

長い廊下のそこかしこに飾られた、季節の花が活けられた花瓶などを見るたびに、律子はかすかな驚嘆の吐息を洩らしている。

通されたのは囲炉裏がある茶室だった。

「どうぞ、お座りください」

勧められるままに、座布団に腰をおろす。行儀にはうるさい律子の視線が、絶対に胡坐《あぐら》などはかくなと伝えてくる。悟志は座布団の上に正座した。

「わざわざお越しいただいて恐縮です。本居寿々恵《すずえ》と申します」

淡い藤色の小紋の着物に身を包んだ寿々恵は、風雅に頭を垂れた。前髪を作らないワンレングスの黒髪は後頭部で小さめに結いあげている。

艶やかな黒髪には、血のように赤い大玉の珊瑚《さんご》のかんざしが一本だけ飾られていた。ピアスなどを着けていないところが、いかにも良家の若奥さまという感じだ。

くっきりとしていながらも、どこか寂しげな目元とやや薄めだが形のいい唇。あまりにも整いすぎた風情と相まって、浮世絵の美人画から抜け出してきたかのようだ。

「このたびはご連絡をいただき、誠にありがとうございます。お口に合えばよろしいのですが……」

律子は紙袋から手土産を取り出すと、寿々恵に差し出した。律子に視線で促され、悟志も一緒に名刺を手渡す。

「中し訳ありません。わたしは名刺を持ったことがなくて……」

「もちろんでございます。わたくしどもの名前さえ憶えていただければ幸いです」

少し困ったような表情を浮かべた寿々恵に対し、律子は行動を共にすることが多い悟志でさえあまり見たことがない最上級の愛想笑いを浮かべた。

寿々恵は優雅な手つきで茶を点《た》てはじめた。流れるような仕草に、思わず見惚《みと》れてしまいそうになる。

「さ、どうぞ」

見るからに高価そうな茶碗《ちゃわん》に入った抹茶が、律子の目の前に差し出される。律子は茶碗の文様を確かめるように回し見た後、恭しく茶碗に口をつけた。

このような席は悟志にとってははじめてのことだし、茶道に関する知識など全くない。律子の所作を真似るようにして茶碗に口をつけたが、ろくに味わうような余裕はなかった。

ブラックコーヒーの苦さはわかるが、抹茶の風味などわかりはしない。ただただ、気後《きおく》れする気持ちと苦さだけが喉に染み入った。

並んで座った律子は、

「大変失礼ですが、このお屋敷を手放すおつもりですか？」

と尋ねた。

「いいえ、そういうつもりは全くないんです。ご存知かも知れませんが、わたしは二十歳でこの本居の家に嫁いで参りました。世間からはいろいろと言われているのも存じ上げています。この十五年、本居の妻として努めて参りました。主人は昨年亡くなりましたが、もともと亡くなった後は好きなようにするよう言われて参りました。一周忌も無事に済みましたし、いろいろなことを考えなくてはいけないと考えています。ただ、思い出を整理するとしても、なかなか踏ん切りがつかなくて……」

寿々恵の口調には、これだけの家屋敷などを受け継いだという覚悟が滲んでいるように思われた。

不意に寿々恵の目元が潤む。茶室の隅《すみ》には、寿々恵と今は亡き夫が描かれたと思われる肖像画が飾られていた。

「あっ、ごめんなさい。なんだかいろいろなことを思い出してしまって……。悟志さんっておっしゃったかしら。なんだか、若い頃の主人に似ているみたいで……」

そう言うと、寿々恵は目元をそっと指先で押さえた。年代を遡《さかのぼ》ったとしても、寿々恵の亡き夫と悟志の面差《おもざ》しが似ているとは思えない。

似ているとすれば、やや面長の輪郭とメガネをかけていないところくらいだろうか。主人がいなくなったこの屋敷には、男の影は一切感じられない。それが血縁さえない悟志に亡き夫の面影を重ねさせるのかも知れない。

悟志はかける言葉を見つけられずに、居心地の悪さに身を竦《すく》めるばかりだ。

「御高名なご主人さまに、弊社の者が似ているとは有り難い限りです。本当にありがとうございます。これもなにかのご縁かと思います。いきなりで申し訳ありませんが、いかがでしょう。今日は少しだけでもお屋敷の中を見せてはいただけないでしょうか？」

すかさず、律子が話を切り出した。こんなときの律子の反射神経は抜群だ。

「はじめてお会いしたかたの前で取り乱してしまって、申し訳ありませんでした。わたしったら……いくら主人が亡くなったとはいえ……。このことはお忘れくださいね」

淡いピンク色のアイシャドウで彩られた目元を、指先でそっと押さえた寿々恵は取り繕《つくろ》うような言葉を口にした。

綺麗に手入れはされているが、細い指先にはネイルなどは施されていない。左手の薬指には、細めのシンプルな指輪が光っていた。

わずかに首を前に落としただけで、ほっそりとした首のラインが強調される。その曲線美はまるで湖面に浮かぶ水鳥のように艶やかだ。

「わかりました。せっかく来ていただいたのですから、幾つかの部屋を婆やに案内させますのでご覧になっていってください」

茶室の外の廊下で室内のようすをうかがっていたのだろう。作務衣姿の女が襖を開けて入ってきた。

「お客さま用のお部屋を幾つかご案内して差し上げて」

「はい、かしこまりました。それでは、ご案内いたしますので、こちらへどうぞ」

婆やと呼ばれた女に先導されるようにして長い廊下を歩いていく。部屋数の多さは塀の向こう側から想像していた以上だった。

「では、まずはこちらのお部屋から」

手広く事業をしていたことから訪れる客も多かったのだろう。室内が贅《ぜい》を尽くした造りになっているのは、伝統家具などには詳しくない悟志にも一目瞭然だった。特に欄間《らんま》などは凝った造りで、まるで有名な寺社仏閣の本堂を連想させる。

「お話には伺っていましたが、これほどとは……」

目が肥えている律子にはこの部屋の素晴らしさがひと目でわかるようで、目を見開いて圧倒されている。

「少し拝見させていただいてもよろしいでしょうか？」

「ええ、ただし文化財級のものもありますので、くれぐれもお気をつけくださいませ」

作務衣姿の女は仕方がないとでもいうように、素っ気なく答えた。主人が亡くなったとはいえ、この家に他人があがることを快くは思ってはいないようだ。

他人を拒むような物言いに、律子の背中に緊張が走る。律子の付き添いのような立場の悟志は無言で、そのやり取りを見守るばかりだ。

律子は白い手袋を装着すると、見るからに年代物だとわかる家具の表面をじっくりと観察している。さすがに引き出しなどに手をかけるのは遠慮しているようだ。

「わたしはお嬢さまが嫁いでくるときに、一緒にこちらのお屋敷に参りました。このお屋敷には通いで勤めていますが、このようなことになるなんて……」

律子の背後で、ため息とともに作務衣姿の女がぽつりとこぼした。

「そうだったんですね。それでは、若奥さまとはずいぶん長くご一緒に過ごしてらしたんですね」

「それはもう、ご実家ではじめてお会いしたのは、お嬢さまがまだ七つの頃でした。わたしは出戻りで実家にも戻れませんでしたから、この数十年はお嬢さまのことだけを考えて過ごして参りました」

「お気持ちはお察しします。わたしは行かず後家《ごけ》なので、いまは仕事しか楽しみがなくて……」

「あら、独身《ひとりみ》だったのですか？　わたしはてっきり……」

「友人たちが結婚したり、子供ができたりするのを見て、正直焦った時期もありましたが、いまは逆にこれはこれでよかったと思っています。誰かに振り回される人生は大変そうですから」

「そうですね。わたしも別れた亭主には散々泣かされました。飲む打つ買うが、それはそれはひどくて」

「ご苦労がおありだったんですね。でも別れられただけ、よかったんじゃないですか。離婚さえできずにご苦労をされ続けたかたも存じあげていますけれど、本当に気苦労が絶えなかったようですよ」

離婚歴アリと行かず後家のふたりは、いつの間にか互いの接点を感じたのか盛りあがっている。

城を攻め落とすには、まずは外堀を埋めるに限る。これも律子の緻密《ちみつ》な作戦の一環《いっかん》なのだろう。

五つほどの部屋を見せてもらった後、廊下を歩いているときだった。

「あの……あちらは？　土蔵のようですが……」

「あちらは旦那さまが趣味で集められたものが収められていると聞いていますが、実はわたしは一度も入ったことがないんです。よほど大切なものが入っているのか、鍵もかけられていますし……」

「まあ、そうなんですか」

感心するように言うと、律子は後方からついて歩く悟志のほうをちらりと振り返った。その視線には獲物の匂いを嗅ぎつけた猟犬みたいな鋭さが宿っていた。

　本居家を訪ねてから一週間が過ぎた頃だった。名刺にも記されている悟志のスマホ宛てに見知らぬ番号からショートメールが届いた。

〈寿々恵です。少しご相談をしたいことがあるので、この間、ご一緒されていたかたには内密で、明日の午後一時頃に来てはいただけませんか〉

　メールを見た瞬間、悟志はどきりとした。買い取りを専門に行っている律子には秘密裏に、自宅を訪ねて欲しいと書いてある。

　社内のホワイトボードを確認すると、律子は明日は買い取りの商談のために直行直帰となっている。悟志は午前中に照明器具の取り換え作業が入っているが、午後は特には予定は入っていない。

　仕事は見て盗め、仕事は命じられる前に探せという社訓もあって、特に予定が入っていないときには、新規の顧客を獲得するために自主的にポスティングをすることになっている。

　したがって誰に報告することもなく、本居家を訪ねることも可能だった。

指定されたとおりの時刻に、悟志は寿々恵が待つ邸宅のインターホンを鳴らした。返答はないが門扉が開いたので、庭園の中を進んでいく。

「えっ……」

悟志は驚きの声を洩らした。玄関に立っていたのは、朱鷺《とき》色の着物を着た寿々恵だった。着物の裾には優美に舞う鶴の柄《がら》があしらってある。刺繍ではなく手描き友禅のようだ。

「今日は婆やさんは……？」

「婆やは今日は病院に通う日なので、休みを取らせているんです。婆やもそれなりの年齢だし、毎日通ってこなくても大丈夫だからと言ってはいるのですが、わたしのことが心配だとなかなか言うことを聞いてくれなくて……」

そう言うと、寿々恵は涼やかに笑ってみせた。着物の色よりもあでやかで、寒牡丹を思わせる深い紅色のルージュが色白の肌によく映えている。

「玄関先で立ち話もなんですから、まあ、あがってくださいな」

寿々恵は横開きの玄関を開けて、悟志を招き入れた。今日は律子が隣にいるわけでもなければ、姫君を守るように寄り添っている婆やもいない。

玄関をあがると、先導する寿々恵の後ろをついていく。地模様が織り込まれた象牙色の帯は太鼓結びになっており、かすかな衣擦《きぬず》れの音とともに着物の裾から純白の足袋がのぞく。

悟志のような素人目から見ても、その着こなしも立ち振る舞いも実に洗練されていて、若い娘のように着物に着られているという風情は微塵も感じられない。

かすかに漂ってくるのは、彼女がつけている香水の香りだろうか。西洋風の香りではない。沈丁花《じんちょうげ》を連想させるその香りは、嗅覚を研ぎ澄まさなければわからないくらいに儚げだ。

寿々恵は襖を開けると、八畳ほどの部屋に案内した。室内は畳敷きだが、書き物机と椅子が置かれていた。和洋折衷といえばよいのだろうか。まるで時代劇にでも出てきそうな雰囲気の部屋だ。

「ご相談というのはこれなんです。急に灯りがつかなくなってしまって」

寿々恵が指さしたのは、書き物机に後付けで設置された照明だった。時代物の机に合わせたアンティークなデザインのものだ。

「ちょっと見せてもらっていいですか。ああ、これは白熱電球が切れてしまっていますね。電球を交換すれば、いままでどおりに使えると思います。仕事用の車で来ていますから、たいていの規格のライトは積んでいると思います」

「そうだったんですか。灯りが点《つ》かなくなったので、もう使えなくなったのかと思って……。気に入っていたので電球を替えるだけで、また使えるなんて嬉しいわ」

寿々恵はまるで小娘のように無邪気な笑みを浮かべた。

いかにも世間知らずなお嬢様のまま嫁いできた寿々恵らしい、微笑ましい勘違いだ。

それにしても、こんなことでわざわざ「相談がある」と呼び出したりするだろうか。

なんとなく合点のいかない悟志を尻目に、寿々恵は話を続けた。

「本当によかったわ。そういえば、この間は幾つか部屋を見ていただきましたが、いかがでしたか？」

「それについては、同僚が専門なので具体的には申しあげられないんですが、素晴らしいものばかりだと感動していました」

買い取りは駆け引きみたいなものだ。迂闊《うかつ》なことを口にしては、後から律子から大目玉を食らいかねない。悟志は言葉を選んだ。

「せっかく来ていただいたのですから、他のお部屋も見ていかれますか？」

「えっ、いいんですか。でも、申し訳ないのですが、僕にはその価値がわかるかどうか……」

「いいんですよ、価値なんて。結局は趣味に合うかどうかですもの。芸術や文化財なんてそんなものでしょう？」

遠慮する悟志を勇気づけるみたいに、寿々恵は微笑んでみせた。寿々恵に案内されるままに、先日は開けることがなかった襖を次々と開けていく。

ここに律子がいたらとしたら、必死で表情の変化を悟られまいと拳を握り締めるかも知れない。そんなふうに思った。

「そういえば、土蔵があるらしいですね。婆やさんも一度も入ったことがないとおっしゃっていました」

「ええ、ご興味がありますか？」

「あっ、いや……」

悟志は曖昧に答えた。これだけの名家の土蔵となれば、とんでもないお宝が眠っているのかも知れない。しかし、それがどんなに素晴らしいものであろうと、悟志には見極める能力がないのだ。

「わざわざ来ていただいたんだもの。せっかくだから見ていってくださいな」

そう言うと、寿々恵は玄関から出て土蔵を目指した。婆やの言葉どおり、土蔵には厳めしい南京鍵がかけられていた。

「鍵ならここにあるんですよ」

ミステリアスな笑みを浮かべると、寿々恵は着物の袂《たもと》に手を入れ、布製の小さな袋から金属製の鍵を取り出した。最近の銀色の鍵ではなく、見るからに古めかしい濃い茶色の鍵だ。

鍵穴に挿し入れると、ガッチャンと鈍い音を立てて鍵が外れる。

「この蔵の中で見たことは内緒にしてくださいね」

悟志のほうをちらりと振り返ると、寿々恵は重厚な土蔵の扉をゆっくりと開いた。明り取りの小窓からうっすらと光は入っているが、蔵の中のようすはわからない。

「まあ、入ってくださいな」

言われるままに、悟志も土蔵の中に足を踏み入れると寿々恵は土蔵の扉を閉じた。ガチャリと内鍵をかける音がする。

鈍い音に驚いたように左右を見回す悟志をなだめるように、背後にいた寿々恵は、

「大丈夫ですよ。すぐに灯りをつけますから」

と言うと入り口に近い場所にあるスイッチをパチンと押した。オレンジ色がかった照明が、土蔵の中を照らし出す。

「えっ、ここって……」

悟志は土蔵の中を見回した。入り口だけは土間のようになっているが、その奥は三

段ほどの階段があり畳敷きの床にあがるようになっている。

悟志が驚きの声をあげたのは、土蔵の中に時代劇でしか見たことがない座敷牢があったからだ。

それだけではない。壁には妖しげな道具がずらりと掛けられている。布団やベッドの類はないが、かなり大きめの木製の座卓も設えられていた。座卓は螺鈿《らでん》細工を施した贅沢《ぜいたく》なものだ。

壁沿いには、肘掛けがついた大ぶりな椅子が一脚だけ置かれていた。

「これって……」

「この土蔵は旦那さまが趣味で集めたものを収蔵しているんです。見てのとおりものばかりですから、旦那さまとわたし以外は足を踏み入れることもなくて。どうぞ、階段をあがってください」

寿々恵は亡くなった夫のことを「旦那さま」と呼んだ。律子たちがいたときには旦那さまではなく、主人と呼んでいたはずだ。

「あっ、嫌だわ。わたしったらつい癖で……。婆やからもお客さまの前では、主人と呼ぶように言われているのに……。悟志さんはどことなく旦那さまに似ていたものですから、つい癖が出てしまったのかしら」

艶やかなルージュで彩られた口元を指先で隠しながら、寿々恵ははにかんでみせた。先日は涼やかに思えた目元にはぞくりとするような色香が滲み、その場に棒立ちになっている悟志を射抜く。視線を逸らすことができない息苦しさに、悟志は小さく息を飲んだ。

座敷牢が設えられたこの蔵の中で、寿々恵は旦那さまと呼ぶ夫とどんなことをしていたのだろうか。壁には麻縄や革製の拘束具や鞭《むち》などがずらりとかけられている。

その手のことには疎い悟志でさえ、それらはSM嗜好《しこう》を持つマニアが使うものだとわかる。淫靡さが漂う道具類を目の当たりにしたら、いやでも頭の中に卑猥な妄想が広がってしまう。

「わたしはこの家に嫁いでくるまで本当に世間知らずで、お恥ずかしい話ですが夜の営みなどのことも全然わからなくて……。そんなわたしを旦那さまは一人前の女になれるようにと、毎晩のように可愛がってくださったんです」

亡き夫との思い出に耽るかのように、ぽつりぽつりと呟く寿々恵の口調はどこか懐かしげだ。こんなときにどんな言葉を返せばいいのか、悟志には皆目見当がつかない。

ただただ、寿々恵の姿を見つめるばかりだ。いまどきの白っぽい灯りではない黄昏《たそがれ》時《どき》を思わせる照明が、三十路の未亡人の姿をより妖艶に浮かびあがらせている。

「どんなふうに言えばいいんでしょう。先日、悟志さんをお見かけしたときに、亡くなった旦那さまを思い出してしまって……。そうしたら、急に寂しさを覚えてしまって。旦那さまが亡くなってからは、忘れよう、忘れようとしていたはずなのに……」

「いや、僕みたいな若造がご主人に似ているなんて」

「あの……こんなことをお願いしていいのかわからないのですが……。どうかわたしにほんの少しの間だけ、情けをかけてはいただけないでしょうか」

「なっ、情けと言われても……。僕にはそんな器量も度胸もありません。ただの便利屋のそれも下っ端の社員なんですから」

「そんなこと男と女の間には関係ありません。ダメなんです。旦那さまのことを思い出したら、胸の奥が苦しくなってしまって……。それに未亡人ってひどい言葉だとは思いませんか。まるで旦那さまを亡くしたのに、いまだに亡くなることもなくのうのうと生きていると責められているみたいに思えて……」

寿々恵は銀色の指輪が光る左手で、艶やかな絹の着物に包まれた胸元を切なそうに押さえてみせた。きっとこの土蔵の中で、寿々恵は亡き夫によって女の悦びを身体の芯まで教え込まれたのだろう。

なかば政略結婚のような形で一緒になった、年の差婚のふたりであっても、この土蔵で濃密すぎる秘密の時間を共にし、かけがえのない関係を築いていたのがうかがい知れる。

　控えめながらも熟女の中に潜む妖気を孕んだ仕草を見ているだけで、胃の腑《ふ》の辺りがぎゅっと締めつけられるみたいだ。

「ここは浮世とは無縁の竜宮城みたいなものだと思ってくださいな。どうか、ここでのことは胸の中に留めてくださいませんか？」

　寿々恵は胸元に留めていた、蝶の彫刻をあしらった翡翠《ひすい》の帯留めに指先をかけた。しゅるりという軽やかな音を立てて、浅葱《あさぎ》色の帯締めがゆっくりと解かれていく。

　招かれるままに土蔵に足を踏み入れた悟志には、寿々恵の行動を諌《いさ》める言葉さえ見つからない。悟志にできることといえば、息を潜め彼女の所作を見守ることだけだった。

　帯締めを解いた寿々恵は、地模様が入った見るからに高級そうな象牙色の帯に手を回した。寿々恵の肢体を二巻きしていた太鼓結びの帯が解かれると、朱鷺色の着物と淡い桜色の伊達締めが現れる。

　律子の買い取りに付き添い、着物や帯を見る機会はあるが、まろやかな曲線を描く女体にはフィットしそうもない直線的なシルエットの和服や帯を見ただけでは、それをどうやって身に着けていくかは想像もつかなかった。

ましてや、寿々恵は着物を身に着けていくのではない。自らの指先で、それを肢体から少しずつ脱いでいくのだ。

やや伏し目がちな寿々恵の視線は、狼狽える悟志の胸の内を探っているみたいだ。

朱鷺色の着物を肩口からそっと引き抜くと、鮮血のように赤い長襦袢《ながじゅばん》とウエストの辺りで結んだ幅広の白い伊達締めが露わになった。

見るからに上品な若奥さまという印象の朱鷺色の着物とは、全く対照的な赤い長襦袢の色が目に飛び込んでくる。

長襦袢の半襟や裾からちらりとのぞく足袋は、伊達締めと同じくシミひとつない純白だった。赤と白のコントラストに、悟志の目は釘づけになっていた。

寿々恵は朱鷺色の着物と帯を着物用の衣桁《いこう》に掛けると、畳の上に正座をし、悟志に三つ指をついた。

「どうかこの身を憐れにお感じになったら、可愛がってくださいませんか」

寿々恵の瞳の奥が、妖《あや》しくどろどろと輝く。それは、夫に仕込まれた倒錯の快楽を、夫の面影のある悟志にふたたび与えてもらうことで、大切な人との別れを受け入れようとする姿なのか。

「そんなことを言われても……。僕にはその……SMとかわかりませんよ。いっぱい並んでいる道具だっていったいどんなふうに使うのか、皆目見当がつかないんですから……」

「ご心配には及びませんわ。いきなり縛ってくれなんてお願いはいたしません。旦那さまの思うようにしてくだされぱいいんです」

「だっ、旦那さまはマズいですよ。亡くなったご主人に申し訳が立たないです」

「それでは、いまだけはご主人さまとお呼びしてもよろしいですか」

なんとか躱《かわ》そうとしても、寿々恵は楚々とした表情を崩さず食いさがってくる。すでに長襦袢姿になっている寿々恵のことを放り出すように土蔵から逃げたとしたら、二度とこの家に足を踏み入れることはできなくなるかも知れない。

そうなったとしたら、律子は烈火の如く怒り狂うに違いない。それだけは、なんとしても避けなくてはならない。

悟志の退路は完全に塞がれていた。退《しりぞ》くことができないのであれば、突き進むしか道はない。悟志は自分に言い聞かせるように二度三度と荒い呼吸を吐き洩らした。

三十路半ばの未亡人の心身に興味がないといえば嘘になる。

肩をわずかに上下させる悟志のようすに、寿々恵の頰がかすかに色づいた。

「わたしだけがこんな格好になるなんて恥ずかしくてたまりません。どうか、ご主人さまもお脱ぎになってください」

寿々恵はゆっくりと立ちあがると、悟志が着ていた制服のジャケットの胸元に指先を伸ばしてきた。丁寧な手つきでボタンを外し、ジャケットやインナーシャツを脱がせると、軽く畳んで床の上に置いた。

同じように下半身に着けていたズボンやトランクスも脱がせていく。最後にソックスまで引き抜くと、悟志は生まれたままの姿になった。

寿々恵は長襦袢姿だが、悟志は丸裸だ。寿々恵が言うように、ここは外界とは隔絶された竜宮城のような場所なのかも知れない。

お伽《とぎ》の城に招かれた浦島太郎も飲めや歌えの宴席だけではなく、酒池肉林のもてなしを受けたのかも知れない。そんなふうに思えてくる。

未亡人の赤い長襦袢姿に、悟志の下半身はすでに逞しさを蓄えていた。

「嬉しいですわ。ご主人さまのオチ×チン、もうこんなに硬くなっているなんて」

いまにも頰ずりをしそうなほど、寿々恵は口元を綻ばせながら囁いた。男性器を見るのは久しぶりなのだろう。切れ長の瞳を大きく見開いている。

「わたしがご主人さまの所有物《もの》だと思い知らせてくださいませ。わたしの身体に、これを装着《つ》けてくださいい」

そう言うと、寿々恵は壁に並んでいた道具の中から長襦袢の色と同じ赤い首輪と手《て》枷《かせ》を摑み、悟志に差し出した。いきなり麻縄で縛ってくれとせがまれたら困惑する以外にないが、革製の首輪と手枷を巻きつけることくらいならば容易くできる。

ほとんどこの家から出ることもなく暮らしてきたのだろうか。寿々恵の首筋や手首の色は青みを帯びて見えるほどに白かった。悟志はほっそりとした首と手首に、赤い拘束具を装着した。

首輪や手枷には小さな鈴が付いていて、彼女の動きに合わせチリンチリンとかすかな音色を立てる。まるで土蔵の中に猫でもいるかのようだ。

血管がうっすらと透けて見えるほどに真っ白い肌には、赤い首輪や手枷がよく映える。赤い長襦袢や拘束具は、きっと亡き主の好みだったのだろう。そう思うと、同じ男としてかすかな嫉妬心《ジェラシー》を覚えてしまう。

「ご主人さま、どうぞこちらでお寛ぎくださいませ」

寿々恵は畳の上に置かれた肘掛けがついた椅子に、悟志を座らせた。座面が広くゆったりとした造りの椅子はマホガニーカラーで高級感が漂っている。

「ご主人さま、唇をいただいてもよろしいでしょうか」

少し芝居がかって聞こえるような寿々恵の物言いに、自分が女を侍《はべ》らせる王侯貴族にでもなったような錯覚を覚えてしまう。

しかし、年上の未亡人に対する上手い受け答えが思い浮かばない。悟志は落ち着きのなさを誤魔化すように、小さく頷いてみせた。

少しずつルージュを塗った口元が近づき、前傾姿勢になった寿々恵と視線が重なる。その瞳は熱に浮かされるみたいにややとろんとしていた。唇が触れる寸前、寿々恵はそっとまぶたを伏せた。

にゅぷりという感触で唇同士が密着する。手足の皮膚とは趣が異なる唇の柔らかさに感極まったように、わずかに開いた寿々恵の唇から甘ったるい吐息がこぼれ落ちた。

「ああっ、ご主人さまの唇……柔らかい。もっといただいてもよろしいですか。どうか、もっとお口を開いて」

寿々恵はうわずった声を洩らすと、悟志の唇の表面をねちっこい感じで舐め回した。熱のこもった口づけに悟志の口から喉の奥に詰まったような掠れた声が洩れる。

かすかに開いた唇の隙間を狙うように、寿々恵の舌先がにゅるりと潜り込んできた。歯の表面や歯茎を丹念に舐め清めるような舌使い。

年上の女らしい緩やかなタッチに、椅子の上で剝き出しになったペニスがぴゅくぴゅくと上下に弾むように反応してしまう。

「ご主人さまったら、こんなにお元気だなんて」

寿々恵は白い歯を見せて笑うと、悟志の太腿の上に右手をついた。長襦袢の袂が太腿をするりと撫でる感触が心地よい。

綺麗に整えられた指先でペニスをきゅっと摑まれ、軽やかにしごかれたらと想像するだけで、亀頭が火照り、鈴口に朝露みたいな丸い雫《しずく》が溜まっていく。

しかし、逸る悟志の期待を裏切るように、太腿についた右手は下腹部には迫ってはこなかった。その代わりに肉が柔らかい内腿を、わずかに伸ばした爪の先でそっと円を描くようになぞりあげる。

年上の女の愛撫は予想がつかない。逆にそれが男心を奮《ふる》い立たせるみたいだ。悟志は今度は自分から唇を重ね、舌先をゆるゆると絡みつかせた。

ぢゅぷっ、ちゅるぷっとわざと卑猥な音を立てて、柔らかくうねる舌先を吸いしゃぶる。寿々恵はほっそりとした首や肩先を揺さぶりながら、久しぶりであろうキスに酔い痴れている。

それでも、右手で太腿を愛撫することを忘れてはいない。手首に装着した赤い手枷が鈴の音色を響かせている。

「はあっ、口づけだけで足元がふらついてしまいそう……」

甘えるように囁くと、寿々恵は名残惜しそうに唇を離した。

「ご主人さまに悦んでいただくのが、わたしの務めですもの」

耳元に寿々恵の熱い息遣いを感じる。寿々恵は悟志の耳の穴にそっと息を吹きかけた。耳の縁を甘噛みしながら、軟体動物のようにぬるついた舌先をねちっこいタッチで絡みつかせてくる。

たちまちのうちに耳の縁や耳たぶだけでなく、耳の穴までもが唾液に濡れまみれるのがわかった。湿り気を帯びた耳穴にそっと息を吹き込まれると、ぞくぞくするような快美感が込みあげてくる。

さらに寿々恵は耳の穴に息を吹きかけるだけではなく、耳の穴に口元を密着させると、ずずっと音を立てるようにして息を吸い込んだ。まるで脳味噌が吸い出されるのではないかと思うような不思議な快感に、悟志は低く唸ると体躯をよじった。

「ご主人さまが感じると、わたしはその何十倍も感じてしまうんです」

顎先をのけ反らせる悟志の耳元をちろりと舐めながら、寿々恵は嬉しそうに長襦袢に包まれた肢体をくねらせた。

悟志は寿々恵の腰の辺りを摑むと、自らの太腿に跨らせるような形で椅子の座面に膝をつかせた。目の前に、前のめりになった寿々恵の長襦袢に包まれた胸元が迫ってくる。

着物姿しか見たことがないので、寿々恵の身体のラインは想像がつきづらい。ただ、背筋をすっと伸ばした佇まいから、ほっそりとした印象があった。

白い半襟の奥には、未亡人の切なさが詰まった乳房が隠れている。そう思うと、矢も楯もたまらなくなる。悟志は上品に重なった半襟を両手で摑むなり、少々強引に帯締めから引きずり出すように左右に押し広げた。

布地同士が擦れる音と同時に、厳重にしまい込まれていた両の乳房がこぼれ落ちてくる。長襦袢の下に着けているのは白い肌襦袢だけで、ブラジャーの類は着けてはいなかった。

着物姿のほっそりとしたイメージからは程遠いほど、乳房は量感に満ち溢れていた。Fカップはありそうな乳房にはうっすらと青っぽい血管が透けて見える。三十路半ばだというのに、乳首や乳輪の色素は薄めでミルクティーのような色合いだ。

「はあ、ご主人さまっ……恥ずかしい」

いきなり外気に触れた乳房の頂が驚いたようににゅんっと収縮し、乳首が筒状に尖り立つ。女の小指の先ほどの大きさの乳首は、見るからに上品な色合いで男の食指をそそる。

悟志は長襦袢からこぼれた乳房の谷間に顔を埋め左右に揺さぶると、しっとりとした艶を放つ熟れ乳の感触と弾力を味わった。

「ああん、お髭がちくちくするっ……。だけど……感じてしまいますっ……」

寿々恵は肢体を弓ぞりにしながら、悟志の顔面に胸元を押しつけてくる。その姿は凛《りん》とした立ち振る舞いを見せる未亡人とは、まるで別人のように思えた。

ちゅんとしこり立った果実は、男の唇や舌先を誘い込んでいるみたいだ。悟志は右側の乳房にしゃぶりつき、左の乳房を右手で揉みしだいた。

手のひらに余るふくらみからはみ出した乳首を親指と人差し指の腹でじっくりとこねくり回すと、寿々恵は胸元を突き出し鼻にかかった甘え声を洩らした。

二十歳の若さで三回りも年上の男の元に嫁いだ寿々恵は、その身体に肉の悦びをたっぷりと仕込まれ続けてきたのだろう。

肉の欲望に餓えた肢体を、心の渇きを彼女はどう堪えてきたのだろうか。そう思うと、胸の中に漆黒の闇夜にも似た感情が湧きあがってくるのを覚えた。

なんと言えばいいのだろうか。一見近寄りがたく見える寿々恵には、男を攻撃的にするなにかが秘められているように思えてしまう。

それは誰も踏んだ痕跡がない一面に降り積もった真っ白な雪の上に、ずかずかと足を踏み入れたくなる感情に似ていた。

旧家の未亡人としての姿を知っているだけに、その胸の内に秘めた彼女の真の姿を知りたくてたまらなくなる。

悟志はずずうっと音を立てながら、見事な量感を見せる熟れ乳を口の中に深々と含むと、乳首や乳輪にねちねちと舌先を絡みつかせた。

少し痛いくらいに歯を立てると、寿々恵の声が甘さを増す。知らぬ人間から見れば折檻《せっかん》部屋のようにも思えるこの部屋の中で、可愛がって欲しいと懇願した寿々恵は、その心身を甚振《いたぶ》られることによって得られる悦びを教え込まれているに違いない。

とはいえ、悟志には女を縛りあげるような技量はない。しかし、身体を責め苛《さいな》むことはできなくても、その心を弄ぶことならばできるはずだ。

椅子に腰をおろしていた悟志は改めて土蔵の中を見回した。悟志が座っている椅子とは、明らかに高さが釣り合わない木製の座卓が視界に入る。

悟志は寿々恵の乳房にぎりりと歯を立てると、もたれかかっていた肢体を両手で押し返した。

乳房を包む快感に酔い痴れていた寿々恵の唇から、

「あーん、どうしてぇ……」

という未練がましい吐息がこぼれる。悟志の思惑を探るように、内なる情熱を秘めた視線が絡みついてくる。

悟志は深く息を吸い込み、ゆっくりと吐くと、寿々恵の顔をじっと見据えた。

「寿々恵さん、ご主人が亡くなってからこの一年、このスケベな身体をずっと持て余してきたんじゃないんですか？　それとも、土蔵の中でひとりでいやらしいことでもしてたんですか？」

「ああっ……そんな……そんなこと……」

核心を突くような悟志の詰問に、寿々恵は狂おしげに身体をくねらせた。左右に大きくはだけた赤い長襦袢の胸元からこぼれ落ちた、重たげな乳房がたぷたぷと揺れる。

「ひとりで、シテたんじゃないんですか？」

わざとぼかした言いかたに寿々恵は息遣いを乱し、目元をうっすらと赤らめ視線を彷徨わせた。

「ひとりでシテたんだったら、それを見せてください。餓えた身体を持て余す未亡人が、どんなことをしていたのか興味があるじゃないですか」

「そんな恥ずかしいこと……そんなはしたないこと……言えません……」

お雛さまみたいに可愛らしい口元をわなわなと震わせながら、寿々恵は懊悩の声を洩らした。

「だからですよ。どんな恥ずかしいことをしていたかに興味があるんです。別に僕はこのまま帰ってもいいんです。若奥さまの長襦袢姿とおっぱいだけでも十分なオカズになりますから、それを思い出してひとりでセンズリでもしますよ」

悟志はわざと突き放すように言ってみせた。本音を言えば、このまま帰ることなどできるはずがない。無尽蔵のように思えるお宝が眠る邸宅の未亡人の機嫌を損ねたりしたら、律子は半狂乱になるに決まっているからだ。

だが、ここでの駆け引きには律子の存在など全く関係がない。ましてや、こちらにとって不利になることなど口にするような愚かな真似をする理由がなかった。

男と女の間では弱気になったほうが負けになることとくらいは、年齢の割りに色恋にはまるで疎い悟志にもぼんやりとわかっていた。

「そんな言葉で嬲《なぶ》るなんて……悟志さんったら案外と……意地が悪いのね」

「よく言いますよ。本当は意地が悪いことをされるのが大好きなんじゃないですか」

「ああ、そんなこと言わないで……そんなふうに言われたら……」

「言われたら？」

「かっ、感じちゃうの……身体の奥が疼いて、どうしようもなくなっちゃうの……」

苦悩に満ちた声を洩らすと、寿々恵は悟志の太腿からおり、贅を凝らした座卓の上に躊躇いがちに腰をおろした。椅子に座った悟志に向き合う格好だ。

真っ赤な長襦袢の裾からのぞく純白の足袋が、悟志の視線を捉えて離さない。悟志は息を殺して座卓に腰かけた寿々恵の一挙一動を見守った。

「そんなふうにじっと見つめられたら、それだけで身体が熱くなってしまうわ」

悟志の視線を意識するように、ゆっくりと寿々恵は座卓の上に足の裏を載せた。かすかに乱れた長襦袢の裾から、白い足袋を履いたふくらはぎがちらりとのぞく。

「そんなふうに見つめられたら、ああっ……アソコが熱くなっちゃうっ……」

未亡人の唇から吐かれるアソコという淫猥な言葉に、悟志のペニスの先端からとろみのある粘液がじゅわりと滴り落ちた。ストレートすぎる表現よりも、恥じらいを含んだ表現のほうが、よりいっそう男の本能を刺激するみたいだ。

「若奥さまはその座卓の上で、どんないやらしいことをしていたんですか。僕に見せてくださいよ」

「んんっ、ああーんっ、そんなの……恥ずかしすぎるわ……」

露わになった乳房を悩ましげに揺さぶりながら、寿々恵はぴっちりと合わせた両膝を手のひらでそっと摑んだ。牡の視線を意識しながら、長襦袢と肌襦袢に包まれた下半身を少しずつ左右に割り開いていく。それは足をM字形に割り広げた格好だ。

「えっ……ええっ……」

悟志の唇から驚嘆の声が洩れる。座卓の上に腰をおろし、足袋を履いた足の裏をついた寿々恵の太腿は左右に大きく割り開かれているが、そこには本来はあるべきものがなかった。

女の下腹部はいついかなるときも、草むらで覆われた女丘や蜜唇を覆い隠すショーツに包まれていると思い込んでいた。しかし、白い肌襦袢と真っ赤な長襦袢に包まれた下腹部には、ショーツが着けられてはいなかった。

肌襦袢の下からは透けるように白い素肌が現れた。着物が似合う細身《ほそみ》のイメージだが、女丘は柔らかそうな肉に包まれている。

しかし、悟志を驚かせたのは着物姿とはいえ、ショーツを着けていなかったことだけではなかった。本来はあるべきはずの女丘を隠すように生い茂る恥毛が全くなかったことだった。

無毛の女丘には、すっきりとした縦長の切れ込みが刻まれている。見た目は熟女なのに、つるんとした下腹だけがなにも知らない幼女みたいだ。女丘だけではない。大淫唇や菊皺の周囲に生えているはずの陰毛も丁寧に剃りあげられている。

　そのアンバランスさに、悟志の口元から獣が唸るような低い声が洩れる。

「ああん、恥ずかしい……旦那さまにしか見せたことがないのに……つるつるのアソコを見られてしまうなんて……」

　寿々恵は胸元がはだけた肢体を揺さぶって、羞恥にまみれた言葉を口にした。女の下腹部に繁る若草は、濃さも形状も十人十色だろう。しかし、三十路の未亡人の草むらが、完全に剃毛《ていもう》された状態だとは思いも寄らなかった。

「ブラジャーもショーツも着けていない上に、オマ×コの毛までツルンツルンなんですね」

「旦那さまから着物の下には下着なんか着けないものだ、ときつく命じられていたんです。月のモノが来ているときだけは、ショーツを着けることを許してくださいましたが。アソコの毛も旦那さまのご趣味で……。亡くなった後もずっとそのままにしているんです」

　寿々恵は婆やでさえも知るはずがない、恥ずかしすぎる秘密を打ち明けた。ふっくらとした無毛の女丘は、まるで搗《つ》きたての餅のように柔らかそうだ。

「ご主人が亡くなった後、寂しい夜はどうしていたんですか。ひとりでそのツルンツルンのオマ×コを弄っていたんですよね」

わざと決めつけるように言うと、寿々恵はそんなことなどしてはいないと言いたげな苦悩に満ちた声を洩らした。だが、座卓に腰をおろした彼女の下半身からは、完熟した女が発情したときに発する特有の甘ったるい匂いが漂ってくる。

悟志はおもむろに立ちあがると、座椅子に腰を落とした寿々恵の真正面に座り込んだ。畳の上と座卓の上では視線の高さが全く異なる。悟志の視線の正面には、長襦袢の裾をはだけさせた寿々恵の女淫が息づいている。

射るような眼差しを注ぎながらも、あえて悟志は寿々恵の身体には指一本触れようとはしなかった。

「はあ、見られてると……身体が……アッ、アソコが……ずきずきして……」

座卓に熟れ尻を落とした寿々恵は、肢体をなよやかに揺さぶった。男を誘うようなしどけない仕草。だが、悟志は丹田《たんでん》に力を蓄えて、わざと素知らぬフリを装う。

「ご主人が亡くなってからは、ひとりでシテいたんですよね。どんなふうにシテいたのかを見せてください」

「だめっ、そんな……恥ずかしすぎます」

寿々恵は切なげに頭を左右に振った。綺麗に結いあげた黒髪から、心の乱れを表すように艶やかな毛が幾筋かほつれ落ちていた。

悟志は僕だって興奮しているんだと伝えるように、鎌首をもたげた牡茎を緩やかに右手で撫でさすった。

「ああ、ご主人さまのオチ×チンが……」

寿々恵の物欲しげな眼差しが、悟志のペニスに執念ぶかく絡みついてくる。

「僕のチ×ポじゃ、寿々恵さんには物足りませんか？　この程度のモノじゃ、寿々恵さんを満足させることなんかできませんか？」

「ああん、そんなこと……あるわけ……」

寿々恵は苦悶の声を洩らすと、はだけた長襦袢がまとわりつく太腿の付け根へと指先を伸ばした。

「あっ、恥ずかしいっ……こんなに溢れてきちゃってるなんて……」

ひらひらとした花びらの合わせ目に触れた途端、その内部に充満していた女蜜が堰《せき》を切ったように溢れ出してくる。濃厚な蜜液が瞬く間にほっそりとした指先を濡らし、妖しい光を放つ。

「はあ、恥ずかしくてたまらないのに……ああーんっ、アソコを見られてると……余計に感じちゃうっ……」

太腿のあわいに息づく女の部分を指先でそっとなぞりあげながら、寿々恵は悩ましい声を洩らした。マニキュアを塗っていない指先があっという間に、透明なマニキュアを塗っているみたいな艶を孕む。

「もっといやらしい姿を見せつけて、僕を感じさせてください。そうでないと、ご主人に申し訳なくて、勃つモノも勃たなくなるんですよ」

悟志の屹立は背徳感でぎちぎちに血潮を漲らせていた。だが、あえて未亡人の心身を燃えあがらせるような罪深さを感じさせる台詞を口にする。

「ああんっ、旦那さま……ごめんなさい。でも、もう我慢できないんです……ああん、許してえ……」

寿々恵は端正な口元をひくつかせると、左右に大きく割り開いた太腿の付け根を指先でかき乱した。ちゅるっ、ちゅぷっ……。寿々恵の声が色っぽさを増すにしたがい、女蜜の音も脳髄に響くような粘り気のある音に変化していく。

「もっともっと僕を興奮させてください。そうですね、座卓の上で四つん這いになって、お尻をこちらに向けてオマ×コをいじってる姿を見せてください」

二十歳で嫁いだ寿々恵は、亡き夫以外の男は知らないに違いない。だが、悟志はあえて破廉恥極まりないポーズを要求した。

「はっ、ああっ……そんな恰好をしたら……アソコだけじゃくて、お尻の穴まで丸見えになっちゃうっ……」

卑猥すぎる命令に、寿々恵は長襦袢に包まれた肢体を揺さぶった。しかし、一度淫情に火が点いた身体は女としての自尊心《プライド》などかなぐり捨てて、全身の皮膚がとろとろに崩れ落ちる甘美感を求めているようだ。

寿々恵は命じられるままに悟志に背を向けると、座卓の上で両手と膝をつき、発情した猫のようにぷるんとしたヒップを高々と突き上げる姿勢になった。

悟志は長襦袢の上から寿々恵の尻を緩やかに撫で回した。未亡人のあからさまな部位が見たくてたまらなくなり、長襦袢と肌襦袢をいっきにまくりあげる。

「恥ずかしいところが丸見えになっちゃう……ああん、感じちゃうっ……アソコが、アソコが熱くなっちゃうのっ……」

寿々恵は覆い隠すものがなくなり、露わになった桃のような尻を左右に振りたくった。綺麗な曲線を描く尻のあわいには、おちょぼ口をすぼめたような菊皺がひくついている。

「ほら、さっきみたいにオマ×コを弄ってるところを見せてくださいよ」

長襦袢がまくりあげられ白い尻を高々と突き出した寿々恵の恥ずかしい部分を、悟志は指先でそっとなぞりあげながら囁いた。

「ああん、こんな……恥ずかしい……恥ずかしくてたまらないのに……」

恥辱を口にしながら、寿々恵の指先が赤みの強い女の花びらへと伸びていく。寿々恵の指先は夥しい蜜に驚いたように一瞬戸惑いを見せたが、主人の言いつけを守って繊細な花びらや肉蕾をなぞりあげる。どれだけ屈辱に満ちた指令を出したとしても、寿々恵はきっとそれさえも快感にすり替えてしまうのかも知れない。

くちゅっ、ちゅくっ……。粘り気が強い女蜜をかき乱す音に、悟志のボルテージも上昇するいっぽうだ。悟志は立ちあがると、前傾姿勢で淫らなひとり遊びに熱中する寿々恵の口元にペニスを突き出した。

「ああ、ご主人さまの……ご主人さまのオチ×チン……ご奉仕させていただいてもよろしいのですか？」

寿々恵はピンク色の舌先で唇を潤しながら、物欲しげな上目遣いで尋ねてくる。

悟志は言葉の代わりに首を縦に振ると、ルージュの輪郭が滲んだ唇の隙間目がけてペニスを少々強引な感じでこじ入れた。

「ごっ、ご主人さまのオチ×チン……美味しいっ、美味しいですっ……」

寿々恵は無我夢中というさまで喰らいつくと、頬をすぼめ裏筋の辺りに舌先を密着させてくる。四つん這いで牡茎にむしゃぶりつくようすは、まるで久しぶりの獲物にありついた牝ライオンのようだ。

んぐんぐと口元を鳴らす寿々恵の右手は媚肉から離れることはなかった。むしろ、牡の性臭を胸いっぱいに吸い込み、ペニスを頬張ることに昂ぶっているのだろう。指先の動きが激しくなっていくのが見てとれる。

「んっ、ああっ……」

長襦袢の裾から露わになった熟れ尻を悩ましげにくねらせながら、寿々恵は淫らな指遊びに熱中している。

しとどに濡れまみれた秘唇から洩れ聞こえてくる脳髄を刺激する音を聞いているだけで、寿々恵の口中深くに飲み込まれた男根がこれ見よがしに跳ねあがる。

「あっ、ああああんっ……もっ、もう……辛抱できません……ご奉仕しているだけで……わたし……ああんっ、気を……気をやってしまいそう……あああーっ！」

寿々恵はペニスに舌先を執念ぶかくまとわりつかせると、高々と突きあげた尻から背筋にかけてを弓のようにしならせ、そのまま硬直した。

いかにも気をやった、という女体のうねりが、悟志は背筋をぞくぞくさせた。

それでも怒張を離さないところに、どれほど男のモノを渇望していたのかが現れている気がした。このましゃぶりつかれていたら、迂闊にも暴発してしまいそうだ。

悟志は腰を揺さぶるようにして、寿々恵の口元からペニスを引き抜いた。

「はぁっ……ご奉仕させていただいたら……気をやってしまいました……わたしだけ気をやるなんて……ご主人さまに申し訳がありません。どうぞ、わたしのアソコをご主人さまが満足なさるまでお使いくださいませ」

先に絶頂に達したことに恐縮するように、寿々恵がペニスを愛おしげに撫でさする。

「ああっ、ご主人さま。わたしの両手をそこの壁に括《くく》りつけてくださいませんか。先に気をやるようなはしたない女を折檻してください」

寿々恵の視線の先の壁には、二メートルほどの高さの場所に頑丈そうなフックがふたつ取りつけられていた。寿々恵の手首に巻きつけた手枷にはD型のリングが付属している。それらを目にしたときに、悟志は漠然と理解した。

この土蔵には木製の扉がついた座敷牢や座卓などはあるが、ベッドや布団の類はない。おそらくは寿々恵の身体を壁や座卓などに拘束して、淫らな行為を楽しんでいたに違いない。

悟志は寿々恵の両手を摑むと、座卓から引きずりおろし、壁際へと追いやった。両手を広げて万歳をさせた位置にちょうどフックがある。ガチャリという音を立てて、寿々恵の両の手首に装着した手枷のＤ形のリングを壁のフックに繋ぎ留める。

「ああっ、こんな格好でされてしまうなんて……」

はだけた長襦袢の前合わせから露わになったＦカップの乳房が、淫らな期待に心を躍らせる寿々恵の胸に合わせて上下する。悟志は両手で乳房をむんずと鷲摑みにすると、長襦袢の裾を左右の膝を使って押し広げた。

つるんとした無毛の女丘には、切れ長の切れ込みが刻まれている。悟志は下半身に力を込めると、寿々恵の両足の付け根目がけて男根を突き出した。

「あっ、ああーんっ……これだけで……また……気をやってしまいそうっ」

敏感な女の花びらにペニスが触れた途端、寿々恵は喉元をのけ反らせた。美熟女は明らかに、深々と貫かれる瞬間を待ち焦がれている。

悟志は亀頭に神経を集中させると、花びらの奥に潜む蜜壺目がけて腰を斜め上へと突きあげた。互いの顔を見つめ合う形の立位での結合だ。

にゅるんっ、ぢゅぷっ……。淫猥極まりない音を立てて、天を仰ぐようにそびえた牡茎が寿々恵の花芯の中に飲み込まれていく。

「はあっ、ああんっ……すごいの……かっ、硬いのが……あーん、オチ×チンが……

はっ、入ってくるうっ……」

寿々恵は喉を絞り、歓喜の声を迸らせた。熟れきった身体にお預けを喰らい続けていたのだろう。ひとり遊びの指先では絶対に味わえない牡槍の逞しさに、柔らかな膣壁がうねるように絡みついてくる。

久しぶりに男根を受け入れる膣肉は全体的に締めつけが強く、まるで女壺自体に意志が宿っているかのようだ。入り口で締めつけられたかと思えば、膣の中ほど、子宮口の近く、と波打つように締めつけてくる。

「はあっ、嬉しいっ……こんなに硬いのが……わたしのアソコに入ってるなんて」

「アソコなんて言いかたじゃ興奮しませんよ。どこに入ってるかちゃんと言えないなら、抜いてもいいんですよ」

「ああん、そんな……そんな殺生なこと……オッ、オマ×コにオマ×コにください。ご主人さまの、ご主人さまのオチ×チンを沢山くださいっ……」

悟志の言葉嬲りに、寿々恵はとうとう着物が似合う清楚な若奥さまとは思えない淫らな単語を口走った。

「そうです。もっともっと自分に素直になればいいんです。気持ちがよかったら、思いっきり大きな声を出せばいいんですよ」

「ああっ、気持ちがいい……久しぶりのオチ×チンが……オチ×チンでされると、頭の中がヘンになって……また……気をやってしまいそうっ……」

「いいんですよ。何度、気をやったって。好きなだけ気をやればいいんです」

ここまで寿々恵の心身を仕込んだ亡き主への対抗意識が悟志を熱くする。熟練の技では対抗できそうにはない。しかし、悟志には若さがある。ましてや、仕事柄身体を動かすことも多いので、多少なりとも体力には自信があった。

軟体動物の体内に取り込まれたような蠱惑的な蜜肉の締めつけに、悟志も限界に近づきつつあった。悟志は膝を踏ん張ると、寿々恵の両の膝の辺りをぐっと抱きかかえるように持ちあげた。

「あっ、なっ、なに……こっ、こんなの……足が、足が浮いちゃってる。すごいのっ、オチ×チンがオマ×コに突き刺さってる……こんなの……こんなのぉ」

寿々恵の両手は手枷によって壁に繋ぎ留められている。宙に浮いた彼女の体重を支えているのは、しっかりとねじ込まれた男根と両手だけだ。ペニスにかかる圧力が強くなる。

「うおぅっ、くくうっ……」

悟志はあらん限りの力で、腰を上へ上へと跳ねあげた。胸元だけは量感があるが、ほっそりとした寿々恵の身体が、悟志のリズムに合わせて宙に舞う。

「ああん、ご主人さま……お口を……唇をくださいっ」

キスを求める寿々恵の唇に、悟志が口元を重ねた。息が苦しくなるような激しい舌使いの応酬。尻の割れ目に力を込めて射精感を堪えようと思っても、寿々恵を深々と貫く男根が快美感にわななくのを止められない。

「だっ、だめだあっ……で、射精《で》るっ。我慢しきれないっ！」

「ああっ、ご主人さまぁ……嬉しいっ……わたしの膣内《なか》に発射《だ》してください。いっぱい、いっぱい発射《だ》してくださいっ」

ふたりの喜悦の声がハーモニーを奏でた瞬間、子宮口に密着した亀頭の先端からすさまじい勢いでビュッ、ビュビュビュッと白濁液が乱射された。

「はぁん、ご主人さまのオチ×チンがわたしのオマ×コの中で動いてるっ、熱いのが……あぁーんっ、溢れ出してくるっ……！」

両手を拘束されたまま、寿々恵はあらん限りの声で牡茎に貫かれる快美に咽び泣いた。

第五章　恋愛に臆病な処女

寿々恵と関係を持った翌日、彼女から客間に置かれていた年代物の箪笥《たんす》をひと棹《さお》買い取って欲しいという依頼があった。

見積もりに行ったときには具体的な話は全く出なかったのに、いきなり買い取りを依頼してきたことに律子は多少ならずも違和感を覚えたようだ。

「あの辺りにポスティングをしていたときに、せっかくなので少し立ち寄らせてもらっただけですよ。そのときに会話が盛りあがったのがよかったのかもしれませんね」

悟志は律子から向けられた疑念を払拭《ふっしょく》すべく、なにごともなかったかのように説明をした。たとえそれが言い訳めいて聞こえたとしても、重要なのは結果であって過程ではない。

律子が狙っていた顧客を取り込んだことで、悟志の評価はうなぎ昇りで、依頼内容によっては、単独でも見積もりを任されるようになった。そうなると俄然仕事は面白味を増すし、やる気だって出てくる。

今回は買い取りではなく、家財道具などの整理を手伝って欲しいという依頼だった。思い出が詰まったものを捨てる決断ができないという人間も多い。

ひとりでは踏ん切りがつかないので、どれが必要でどれが不必要なものかを決めてもらいたい。思い出の品との別離の後押しをして欲しいという依頼は決して少なくない。特に男に比べて、女はその傾向が強いように思えた。

これは物を片付けることができない、汚部屋《おべや》と呼ばれる部屋に暮らす人間とは全く別のタイプだ。悟志の会社では汚部屋に関しては、特殊な清掃なども請け負う別の部署が担当していた。

作業の内容を予測するために、あらかじめ間取りなど情報を押さえておくのは基本中の基本だ。今回は買い取りの要望はないので、見積もりには悟志ひとりで向かうことになった。

依頼者から指定されたのはマンションの一室だった。最寄りの駅からは若干遠いが、そのぶん室内は広いようで間取りは２ＤＫだと聞いていた。

インターホンがついていないチャイムを鳴らすと、ドアの向こうでのぞき窓から外を確かめる気配がした後、恐る恐るという感じでドアが開いた。チェーンロックはかいかったままだ。

「海老沢商会から御見積もりの件で参りました」

チェーンがかかったままのドア越しに名刺を差し出すと、金属音が響いてチェーンが外された。物騒な事件も多いので、特にひとり暮らしの女性は用心ぶかくなっているのも頷ける。

「すみません。散らかっているんですけれど……」

そう言うと、太田優佳《おおたゆうか》はドアを開けて悟志を招き入れた。

大きめの瞳はくっきりとした弧を描き、鼻筋がすっと通っている。長いまつ毛が印象的で、可愛らしいというよりも美人タイプだ。ふっくらとした口元は控えめなピンク色に彩られていた。華やかなルージュというよりもリップクリームの色合いに近い。

肩まで伸ばした黒髪には天使の輪が浮かび、思わず触れてみたくなるほどサラサラしている。くるぶし辺りまでをすっぽりと包む、オレンジ色に近いシックなブラウンのワンピースはふんわりとしたデザインだ。

パッと見の印象から想像すると、二十代半ばくらいだろうか。ナチュラルなメイクでも二度見をしたくなるほど端正な顔立ちをしている。しかし、気取った感じではなく、癒し系に思えた。

室内は玄関に近い場所にダイニングキッチンや手洗いなどがあり、その奥がふた部屋並ぶ形で居室になっているようだ。

優佳は散らかっていると口にしたが、室内は雑然とした感じには見えなかった。強いて言うならば、ひとり暮らしの割りには多少物が多めという感じだろうか。

「わたしって、なかなか物を捨てられないタイプなんです。いつ使うかわからないものも、なんとなく取っておくから物が増えるいっぽうで……。実は転職が決まったんで、いい機会だから身の回りをすっきりさせようと思って……」

優佳は少しため息交じりに言いながら、室内を見回した。

「お気持ちはわかりますよ。いつか使うかもと思うと捨てられないんですよね。比べるのは変ですけど、うちの祖母はデパートの紙袋やお菓子の缶が捨てられなくて、よく祖父と喧嘩をしていました。きっと太田さんは物を大事にされるタイプなんですね」

「そんなふうに言っていただけると気持ちが楽になります。今回は増えすぎた物をまとめて処分しようと思って……。ただ、なんとなく捨てる決心がつかないものもあるので、プロのかたにアドバイスをしてもらいたくて……」

家具などの大型の物の処分は考えていないと言う。物が多いとはいっても、家具などがなければそれほどの分量ではない。問題は捨てるものと残すものの分別作業だろう。

悟志はふた部屋ある居室なども簡単に見せてもらった上で見積書を提示した。

「もちろん、分別作業のお手伝いはしますが、拝見してはマズいものだけは、予め除《よ》けておいていただけると助かります」

見積書を手渡して部屋を後にすると、見送りのためか優佳も部屋の外に出てきた。近くに停めた車に向かっていると、後ろから優佳が小走りで駆け寄ってきた。

「あっ、すみません。飲み物もお出ししていなくて……。これ、よかったら飲んでください」

彼女は缶入りのコーヒーを差し出した。缶は温かい。彼女のマンションの玄関先に、ドリンク類の自動販売機があったのをふと思い出す。きっと販売機で買ってきたのだろう。

「すみません。でも、こういうお気遣いは……」

「でも、買ってしまったし。今日は特に冷えますから」

遠慮しようとする悟志の手に、優佳は缶コーヒーを押し当ててきた。確かに今日は冷え込みがきつい。手のひらに触れたコーヒーの温もりが心地よかった。

「じゃあ、遠慮なくいただきます。お気遣い、ありがとうございました」

礼を言い、車を発車させると、バックミラーに小さく手を振る優佳の姿が映り込んだ。缶コーヒーを掴んだ手のひらだけでなく、吹きつける北風に冷えた首筋がほんのりと温かくなるような感覚を覚えた。

見積もりに来ただけの僕のために、わざわざマンションの下まで降りてきて缶コーヒーを買って手渡すなんて、ずいぶんと優しい女《ひと》なんだな……。

バックミラーの中で徐々に小さくなっていく優佳の姿に、悟志は漠然とそんなふうに思った。


転職を控えているということもあって、優佳の部屋の片づけ作業は三日後に決まった。

不要なものを入れるビニール袋などを携えて部屋を訪ねると、最初からチェーンロックを外して優佳が出迎えた。一度見積もりに来て、顔を合わせているので前回よりも警戒心が解けているようだ。

優香は室内で動くことを考えてか、柔らかそうな素材のAラインのワンピース姿で出迎えた。

サーモンピンクのワンピースが、女らしい気遣いを感じさせる優佳の雰囲気によく似合っている。その上に羽織っているのも、同系色のニットのカーディガンだ。

優佳が事前に仕分けしたのだろうか。玄関に近い場所には、不用品を入れたと思われるビニール袋が三つほど置かれていた。

「では、どこからはじめましょうか？」

「じゃあ、キッチンからお願いできますか」

ふたりは早速作業に取りかかった。優佳はもともと几帳面な性格なのだろう。収納棚などにしまわれているものも、種類別にきちんと収納されている。食材や調味料なども賞味期限順にしまわれているので、作業は想像していたよりも早いペースで進んでいった。

「会社の先輩からいただいた食器類で開封はしたけれど、一度も使わないものもあって……」

「未使用品や使えるものは、うちのリサイクル部門で買い取りますよ。数が揃っている食器類なんかは意外と人気があるんです。さすがに新郎新婦の顔写真なんかが入ったものは買い取れませんが……」

新郎新婦という単語を聞いたとき、優佳の顔色がかすかに曇った。

「そうですよね。他人の顔写真が入った食器なんかを買う人はいませんよね」

「もちろん、ご不要であれば不用品として、こちらで処分しますから安心してください」

「よかったわ。だったら、収納棚の一番奥にある箱の中身を処分していただけませんか」

優佳が指定したのは、悟志でも脚立《きゃたつ》を使わないと取り出せない場所にしまい込んであった箱だった。

「ええと、一応中身を確認しておいたほうがいいですね。間違いがあっては大変ですから」

悟志が箱を開けると、中にはまさに先ほどの会話に出てきた写真がプリントされたマグカップが入っていた。プリントされていたのは、新郎新婦の姿ではなく、産まれて間もないと思われる幼子を抱いた若い夫婦の写真だった。

それを目にした瞬間、優佳の目元に切なげな色が浮かんだ。

これって……まさか、元カレからのプレゼント……。でも、わざわざ元カノにこんなものをあげるのは、どう考えても不自然だよな……？

依頼人《クライアント》の機嫌を損ねたり、傷つけたりすることがあってはならない。悟志はあえて言葉を発することなく、それを不用品として仕分けた。

「あっ、誤解しないでくださいね。それは元の会社の先輩からもらったものなんです。元カレとかではありませんから……」

「そうだったんですか。まあ、この手のものはもらっても使い道に困りますますよね」

「元カレではなかったけれど、先輩は新入社員だった頃の指導係だったんです。わたしって大学を出るまで女子校だったから、彼氏とかできたことがなくて……。いつの間にか、仕事ができて優しい先輩のことが気になるようになったんです。今にして思えば、初恋みたいなものだったんだと思います」

「そうだったんですか……」

「でも、ひどいんですよ。入社して半年くらいが経った頃かしら。先輩から子供が産まれたって聞いたんです。もっとも社内では彼が既婚者なのは皆が知っていて、知らなかったのは新卒で配属されたばかりのわたしくらいで……」

「それは……なんと言えばいいのか」

「迂闊に舞いあがって、先輩に告白していなかったのだけが救いだったと思います。告白なんかしていたら、恥ずかしくて会社にいられませんでしたから。でも、そのカップを見ると胸が苦しくなるんです。だから、目に入らない場所にしまい込んでおいたんです」

優佳は遠い目をすると、ため息をついた。

「なんだか、それっきり恋愛に臆病になってしまって……。好きになった相手が既婚者だったり、彼女がいるかも知れないと思うと恋愛の対象として見られなくて……」

「先輩が既婚者だったのが、よほどショックだったんですね」

「ええ、本当にショックでした。だって先輩は結婚指輪もしていなかったんです。そんなこともあって、トラウマになってしまって」

恋愛に関してはどちらかといえば慎重派で、律子からは草食系だと揶揄される悟志には優佳の気持ちがわかる気がした。

喜久代のように、恋愛やセックスはほんのひとときのアバンチュールだと割り切れるタイプの女にとっては、失恋など一晩寝れば忘れてしまえるほど些細なことだろう。

しかし、ずっと女子校に通っていて恋愛に免疫がない優佳のようなタイプにとっては、男にはそんなつもりは微塵もなかったとしても、手ひどい裏切りにあったように思ってしまうのかも知れない。

「せっかく不用品を処分するんですから、気持ちもリセットしたらどうですか？」

「そうですよね。わたしも転職するので心機一転したいって思って、今回の依頼をしたんです」

「いいことじゃないですか。新しい職場に勤めれば、きっと新しい出会いもありますよ」

「そうだといいんですけど……」

優佳は心細げにぽつりと呟いた。ふたりは収納棚の中にしまってあった箱類の蓋を開け、その中身をひとつずつ確認して仕分けしていく。

綺麗に保管されているので、買い取りは不要だとは聞いていたが買い取りができそうなものも多い。室内に完全な不用品と買い取れそうなものを別々に積み上げていく。

彼女が捨てるのを躊躇していたのは、片思いをしていた先輩からもらったカップだけではなかった。寝室とは別の居室に置かれたアルバムに保存していた、職場で行われた宴席や旅行などの写真も手元に残すべきかを悩んでいるようだ。

同じ職場ということもあって、写真には思いを寄せていた男の姿が映り込んでいるものも少なくはなかった。

「だったら、どうでしょう。元の職場の同僚やご友人で、これからもお付き合いをしていくかたはいますか？」

「ええ、何人かは仲のよかった友人がいますけど……」

「だったら、そのご友人とだけ映った写真だけを残して、他の写真は思い切って処分してはどうでしょう。二度と会うつもりがないなら、処分すればすっきりとするかも知れませんよ」

「あっ、そうですね。集合写真なんかを見ると、ついつい思い出してしまいそうですし……」

優佳は悟志の言葉に、賛同するように胸元で小さく手を叩いた。アルバムから不要な写真を抜いていくにしたがい、彼女の胸中でわだかまっていた思いも少しずつ消えていくみたいだった。

「こんな恥ずかしい話を打ち明けたから、思い切って聞いてみたいことがあるんですけど……」

「え、どんなことですか」

「あの……いい年齢《とし》の女が処女《ヴァージン》だったとしたら、どう思います？」

「えっ、処女って……」

唐突過ぎる問いかけに、悟志はぎくりとした。

「わたし、来年三十歳になるんです。それなのに、この年齢になってもエッチの経験もなければ、恋愛の経験もないんです。それって男性にとっては重たいんじゃないかしら。そう思うと、ますます恋愛に臆病になってしまって……。わたしの出た学校は世間ではお嬢さま学校みたいに言われているんです。だから、友人にもわたしみたいに恋愛経験ひとつない娘《こ》が結構いるんです」

「そっ、そうなんですか？」

優佳の告白に面喰わずにはいられない。処女だということも驚きだが、目元がぱっちりとして、キメが細かく柔らかそうな頬の質感などから、二十代半ばだとばかり思っていたからだ。

改めて年齢を聞くと、相手を気遣うような物言いや仕草などに、そこはかとない女らしさが感じられるのも納得ができる気がした。

「友人の中にはヤラずに三十路《みそじ》だから『ヤラミソ』だなんて開き直っている娘もいるけれど、わたしはそこまでは割り切れなくて……。ちゃんと恋愛やエッチもしてみたいなって」

ずっと口にすることさえできずにいた女心を口にしながら、優佳は色白の頬を珊瑚のようなピンク色に染めている。

親しすぎる友人には言えない思いも、二度と会うこともない相手には打ち明けられることもあると言っていた律子の言葉が蘇ってくる。

「ヤラミソって言葉ははじめて聞きましたけど、それだけ自分を大事にしてきたってことじゃないんですか？　僕の友人にも、同じように恋愛経験がない男が少なからずいますよ。要は出会いや恋愛って、タイミングなんじゃないんですか。きっと今までタイミングが合わなかっただけですよ」

「そんなふうに言ってもらえると、気持ちが楽になります。悟志さんって優しいんですね」

胸の底に抱えていた秘密を打ち明けたことで、優佳にとって悟志との距離がぐっと縮まったようだ。意味深な眼差しを投げかけてくる。

「転職を機にいろいろな意味で再出発したいって思ってるんです。今日はいままで捨てることができずにいたものを、思い切って整理しようって……」

「それはいいことだと思いますよ。再出発のお手伝いができると思うと、この仕事にもやり甲斐を感じます。それでは、どんどん要らないものを片付けていきましょう」

悟志は優佳の決意を応援するように、胸の前で握り締めた両手を力強く上下させるポーズを取ってみせた。

「そういうふうに言われると、なんだか勇気が出てきます。ねえ、お願いがあるんですけれど……」

「なんですか。僕にできることであれば、できるだけ頑張らせてもらいます」

「さっきもお話をしたけれど、いい年齢なのに処女なのって、わたしにとっては劣等感《コンプレックス》でしかないんです。いまのわたしにとって、一番要らないものは恋愛経験がないこの身体なんです」

優佳は小リスのような丸い双の瞳の間にわずかに皺を寄せて、悟志がどきりとするような大胆すぎる発言をした。

正直なところ、先日缶コーヒーを手渡されたときに、その気遣いに感激をしたのは確かなことだ。バックミラーから見えなくなるまで手を振ってくれた姿を見て、心が癒されるような気持ちにもなった。

しかし、ここは依頼人《クライアント》から作業を頼まれた現場で、依頼人は目の前にいる優佳なのだ。彼女の視線が悟志にまとわりついてくる。

それは決して不快なものではなかった。社会人になってからは忘れていた、興味を持った対象に真っ直ぐ向かうピュアな感情を思い起こさせる。

「でっ、でも……女の人ってはじめてのときには、雰囲気とかを大事にするんじゃないんですか？」

「そんなことはいいんです。ムードとか……そんなことじゃなくて……わたしがこの人ならって思える相手にお願いしたいんです。このままだと転職したって、わたしは劣等感を抱いたままだわ。だから……処女から卒業したいんです……」

依頼人《クライアント》を前に躊躇する悟志に、優佳は途切れがちな声で訴えた。彼女はどう見ても自由奔放なタイプには見えない。

そんな彼女が異性に対して抱いて欲しいと訴えるには、どれほど勇気が必要だっただろうか。それを思えば、言葉を選びながらも自分を求める優佳のことが愛おしく思えてくる。

思い返せば、最初に出会った日に缶コーヒーを手渡された瞬間、手のひらに伝わってくる温もりに胸がときめいた。

くっきりとしたアーモンド形の瞳や綺麗な曲線を描く唇だけでなく、耳触りのよい声も悟志の心にくっきりと残っていた。

このところ、誘惑されるままに身体の関係を持ってしまった女はいたが、この数日の悟志がオナニーのときに思い浮かべた相手は、優佳だった。

それほどまでに、初対面で温かい缶コーヒーを手渡されたときの印象が強いのだろう。そんな相手から処女をもらって欲しいと懇願される。男にとって、こんなにも信じがたいシチュエーションがあるだろうか。

「ほっ、本当に僕でいいんですか？」

悟志は自身の心にも念を押すように、優佳に尋ねた。

「上手くは言えないんだけど、見積もりに来てもらったときになんだかホッとしたの。親切そうな人だなって。今日だって、わたしの話をちゃんときいてくれたでしょう。だから……」

言葉を選ぶように囁くと、優佳はゆっくりとまぶたを伏せた。色白の肌が込みあげる羞恥心にうっすらと赤みを帯び、長く綺麗な弧を描くまぶたが心細げに揺れている。純《ウブ》な彼女にとっては、精いっぱいのキスを待つサインなのだろう。

恋愛経験すらない優香の口元は、はじめての口づけにわずかに強張って見える。悟志は唇をゆっくりと近づけていく。

悟志の口元が近づいていくる気配を、優佳は敏感に感じ取っている。唇をきゅっと閉ざしているので、小鼻から洩れる息がわずかに乱れている。相手は三十路に近いというのに、その仕草は妙にあどけなく思え、胸が昂ぶってしまう。

しかし、優佳は今までの相手と明らかに違う。女の悦びをその心身に刻み込んだ女たちは、自身の感じるポイントを熟知していて、知らぬ間に彼女たちのペースに引きずり込まれてしまったこともある。

キスの経験さえない優佳は、卵から孵《かえ》ったばかりの雛鳥《ひなどり》みたいなものだ。なにも知らない雛鳥は身体を強張らせ、悟志の唇を待ち焦がれていた。

ふわりとしたソフトなタッチで唇同士を重ねる。伏せたままの優佳の長いまつ毛がふるふると震えるさまに、悟志の心臓の鼓動も高鳴っていく。

舌を絡ませることもない幼い子供同士のような軽いキスだというのに、尾てい骨の辺りから快感が込みあげてくる。悟志は唇をゆっくりと開くと、閉ざしたままの彼女の唇をそっと舐め回した。唇とは違う、ぬるっとした舌先の感触に驚いたように、かすかな驚きを含んだ吐息がこぼれる。

そのときに狙いを定め、悟志は舌先を優佳の唇の隙間に潜り込ませた。生温かい舌先が唇の内側の柔らかい粘膜をぬるりと舐め回す。その感触に優佳は肩先を震わせると、細い枝にとまる蝶のように悟志の背中へそっと手を回した。

「はっ……ああっ……」

優佳の唇から悩ましげな吐息がこぼれる。ファーストキスに息を繋ぐことさえ忘れているのだろう。彼女はワンピースに包まれた胸元を小さく喘がせた。そんな姿を見ていると、他の男の手垢がついていないことを実感してしまう。

女から積極的に求められ、リードされるのもいいが、やはり男としては色がついていないまっさらな肢体を求めたくなるのは自然なことだ。

二十歳だった寿々恵に自分を「旦那さま」と呼ばせ、男の身体に淫らな奉仕をし、思いのままに弄ばれることに悦びを見出すように仕込んだ男の心情も、いまならば理解ができる気がした。

「大丈夫ですよ。リラックスして……」

悟志は優佳の耳元に唇を寄せると、そっと囁いた。耳元に感じる息遣いに身を震わせ、優香はたおやかに頭を振った。

悟志はさらさらと揺れる黒髪に指先を伸ばすと、極上の絹糸を思わせる髪をゆっくりと梳いた。指先をするりと流れていく艶やかな黒髪の感触に、思わず感嘆のため息が洩れそうになってしまう。

悟志は形がよい耳元に口元を寄せ、くるんとカールした耳の縁に軽く歯を立ててちろちろと舐め回した。耳の穴の中にふーっと息を吹きかけることも忘れてはいない。

このところの濃厚なセックスによって技の手数が増え、精神的な余裕も生まれたことを改めて実感してしまう。

「あっ、ああん、なんだか首筋がぞくぞくしちゃうっ……」

優佳は唇を半開きにして、悩乱の甘え声を洩らした。わずかに反らした喉元の曲線が色っぽい。性的な経験がないとはいえ、その肢体は年齢相応に熟しているのは間違いない。ただ単に悦びを知らなかっただけに違いない。

悟志は耳の縁や耳たぶを入念に愛撫すると、そのままゆっくりと首筋を舌先で愛撫した。定石《セオリー》どおりの愛撫に、優佳はほんの少しくすぐったそうに肩をすくめた。

室内とあって、優佳は裾が広がったAラインのシンプルなワンピースの上に、ニットのカーディガンを羽織った姿だ。三十路が近いとは思えない容姿には、サーモンピンクのワンピースがよく似合っているが、それも情事には邪魔なものでしかない。

そうかといって、乱暴に剝ぎ取るような真似は躊躇われる。悟志は茹《ゆ》で卵の殻を剝くみたいに、女らしいまろやかさを帯びた優佳の両肩に手をかけると、ニットのカーディガンからゆっくりと腕を引き抜いた。

「ああん……やっぱり……少し……怖いっ……」

ワンピース姿になった優佳の表情がかすかに固くなる。

しかし、彼女はその場から逃げ出そうとはせずに、葛藤する心身と向き合うように悟志に背中を向けた。長年、守り続けた処女を捨てようとしているのだ。男が童貞を捨てるのとは全く意味合いが違うことは、悟志にも理解ができた。

悟志は背後から優佳の肢体をそっと抱き寄せた。長いストレートの黒髪の隙間から、ワンピースの背中を繋ぎ留めるファスナーが垣間見える。

「優佳さんは綺麗なんですから、もっと自信を持ったほうがいいですよ」

自分でも陳腐だと思うような台詞が口をついて出た。女の扱いに慣れた男ならば、もっと気が利いた口説き文句のひとつやふたつを容易く思いつくに違いない。不慣れな場面に戸惑いを隠せずにいるのは、優佳だけではなかった。

「僕だって……本当は緊張しているんですよ」

思わず本音が出てしまう。

「本当に……？」

「本当ですよ。僕がそんなにモテるタイプに見えますか」

背後から囁くと、悟志は優佳の黒髪をかきわけて首筋に鼻先を寄せた。体温がほのかに上昇しているのだろうか。ほっそりとした首筋からはシャンプーの残り香に混じって、シトラス系の香水の匂いが漂ってくる。

決して強い香りではない。初夏を思わせる柑橘系の控えめな香りだ。悟志は鼻腔をくすぐる女らしい香りを楽しみながら、首筋をそっと舐めあげた。

「ああんっ……」

なよやかに肩を揺らす肢体を包む、ワンピースの背中のファスナーの留め金具を摑むと、悟志はそれをつーっと引きおろした。留め具はウエストの下辺りまで続いていた。ファスナーが外れたことにより、ワンピースの背中が左右に割れ、うっすらと肩甲骨が浮かびあがった背中と、パールホワイトのブラジャーが現れた。

ファスナーが外れたワンピースを両手で摑むと、悟志はそれを左右に押し広げた。背中が露わになったのを感じたのだろう。優佳は小さく何度も息を吐き洩らすと、覚悟を決めたように肢体を揺さぶりながら、ワンピースの袖から腕を引き抜いた。

サーモンピンクのワンピースが風に舞うみたいに、床の上にふわりと舞い落ちる。それはまるで映画のワンシーンのように思えた。

悟志は背中で繫ぎ留められたブラジャーの後ろホックにも指先をかけた。いままで誰一人として、このホックを外したことはないのだろう。そう思うだけで胸が弾む。

プチンッ……。それは耳に聞こえるというよりも、身体の芯で感じる音だった。かすかな音を立てて、ブラジャーを繫ぎ留めていた金具が外れ、うっすらと肉がついた女らしい背中が剝き出しになる。

「はっ、恥ずかしい……」

優佳の肢体を隠しているのは、ブラジャーとお揃いのパールホワイトのショーツとルームソックスだけになる。ショーツに包まれたヒップはワンピースの上から想像していたよりも肉感的で、ふっくらとした稜線を描いていた。きゅんと引き締まった足元を包む、ピンク色のルームソックスが妙にセクシーに思えた。

背後からでも優佳が胸元を両手で隠しているのがわかる。焦りは禁物だ。悟志はうなじの辺りに唇を寄せながら、両手の指先で背筋をさわさわとなぞりあげた。軽やかで繊細なタッチに、優佳は顎先を突き出して黒髪を揺さぶった。

「あっ、こんな……恥ずかしい……恥ずかしいのに……エッチな声が出ちゃうっ」

産毛《うぶげ》の流れに逆らうように、下から上へと指先を優しく這わせると、彼女の声がしどけなさを増していく。つやつやとしたパールホワイトのショーツに包まれた美尻にはわずかに力が入り、もどかしげに左右にくねるさまが色っぽい。

胸元が見えないだけに、妄想がふくらむいっぽうだ。悟志の両手が優佳の胸元へと忍び寄る。

悟志の手のひらが胸元を隠す優佳の腕に重なり、彼女の肢体を百八十度回転させた。これで互いの顔を見つめ合う体勢になる。

優佳は息を乱し、紅潮した顔を見られまいと俯いている。恥じらえば恥じらうほどに悟志の心もかき乱されるみたいだ。両腕で隠しているとはいえ、彼女の胸元にはこんもりとしたお椀形のふくらみが寄り添うように隆起していた。

「ああ、恥ずかしいわ……」

乳房のふくらみを両手で隠しながら、優佳が上目遣いで悟志の顔をちらりと見る。

「僕も脱げば恥ずかしくないかな」

言うなり、悟志は着ていた制服のジャケットを脱ぎ捨てた。インナーシャツも脱ぎ、ズボンとソックスも引きずりおろすと、トランクスだけの姿になる。

処女とはいえ、セックスや男の身体には興味があるのだろう。耳の辺りまでピンク色に染め、俯き加減になりながらも優佳は悟志の体躯を盗み見ている。

「ほら、僕だって脱いだよ。これだったら、恥ずかしくないかな？」

「でっ、でも……こんなに明るいと……」

「だったら、照明を落とそうか。それともここじゃなくて、寝室に行く？」

居室と寝室はドアで隔てられているだけだった。

「だったら、寝室に……」

悟志の胸元に顔を埋めるようにして、小さな声で優佳が答える。悟志は優佳を抱きかかえるようにして、寝室へと繋がるドアを開けた。壁にかかっていた照明のリモコンを使い、室内の照明を落とす。

保安球では暗すぎるので、オレンジがかった光色を選び一番暗いレベルにする。白々とした昼白色とは違い、仄かに赤みを帯びた暖かみのある照明に優佳の肢体が浮かびあがった。

期待と不安が鬩ぎ合い、足元が危うくなっている優佳を気遣いながらベッドへと誘導する。布団を剝ぎ取ると、ふわふわとした素材のベッドパッドが現れる。

その上に彼女の肢体を横たえ、馬乗りになり、再び唇を重ねた。胸元で交差させていた優佳の腕から力が抜け、ふたりの上半身が密着する。

ちゅっ、ちゅちゅちゅっ……。卵から孵ったばかりの雛鳥も、見よう見真似でキスの仕方を覚えたようだ。悟志の舌先を受け止めると、やんわりと絡みつかせてくる。柔らかな雰囲気をまとう優佳の内面を表すような、優しいタッチのキスが心地よい。

悟志はさらさらとした彼女の髪の毛をかきあげながら、耳元から首筋へと舌先を丹念に這わせていく。体温があがったせいか、首筋から香る檸檬《れもん》のような匂いがわずかに強く感じられる。

悟志は大きく息を吸い込みながら、鼻先をすり寄せた。爽やかさの中に仄《ほの》かな甘さを含んだ香りだ。

薄暗い室内に響くのは互いの息遣いと、優佳の肌の上を這い回る舌先が奏でるかすかな音だけだ。

「ああんっ……あんっ……」

肉づきが薄い首筋を愛撫される感覚に、優佳はベッドの上で肢体を波打たせた。悟志の胸板にぴったりと重なった乳房が確かな量感を伝えてくる。悟志は両手に力を入れると、わずかに身体を起こした。

男の胸元から離れた乳房が心細げに上下に弾んでいる。照明に照らし出されたふたつのふくらみはEカップはあるだろうか。

身体の曲線を強調しないファッションをしているせいか、双乳が手のひらから溢れるようなボリュームに満ちているとは思ってもいなかった。

牡の視線に晒されたことがない乳輪が恥ずかしそうにきゅんと縮みあがり、その頂点をつうんと尖り立たせている。未完熟のサクランボのような淡いピンク色の乳暈《にゅううん》や果実が悟志の視線を、愛撫を誘っているみたいだ。

悟志は両手で魅力的な乳房をそっと摑んだ。牡の眼差しに震える乳房はいきなり鷲摑みにして揉みしだいたら、壊れてしまいそうなほどデリケートに思えた。

手のひらからこぼれ落ちるサイズの乳房はふにふにと柔らかく、極上の蒸しパンを連想させる。

「すごいよ。柔らかくって気持ちがいいよ。このまま、ずっと触っていたくなる」

「ああんっ、恥ずかしいっ……誰にも、誰にも触らせたことがなかったの……」

悟志の言葉に、優佳は恥ずかしそうに視線を逸らした。全身の毛穴という毛穴から羞恥心が滲み出し、彼女の周囲を薄いベールで包んでいるみたいだ。

悟志が掌中に収めたふくらみに指先をやんわりと食い込ませると、それはむっちりとした感触で押し返してくる。身体の昂ぶりに伴い、乳房自体がわずかに大きさと硬さを増しているみたいだ。

たまらず、悟志は左の乳首にそっと口づけをした。

「あっ、おっぱいにキスされてる……あーん、恥ずかしいのにぃ……」

悟志に組み伏せられた格好の優佳は、イヤイヤをするように全身を左右に揺さぶった。しかし、それは本気の抗いとは思えない。その証拠に口元からこぼれる吐息が甘ったるさを孕んでいる。

悟志は舌舐めずりをすると、ちゅるんと音を立てながら左の乳首を口の中に含んだ。三十路近くまで処女を守ってきた心身に敬意を払うように、歯を立てないように舌先で転がすように丹念に舐め回す。

「はあ、おっぱい……ヘンなの……じんじんしちゃうっ……」

優佳は胸元を突き出しながら、悩乱の声をあげた。パールホワイトのショーツで隠された下腹部から伸びる太腿やふくらはぎを恥じらうように擦り合わせている。

「いいんだよ。気持ちがいいときには思いっきり声を出したって。エッチな声を我慢する必要なんてないんだ。ヘンになっちゃっていいんだよ」

「ああん、そんなふうに言われたら……こっ、声が出ちゃうっ、エッチな声が出ちゃうっ……」

「そうだよ、もっともっとヘンになっていいよ。声を出していいんだよ」

悟志は乳首の表面を舌先で舐めしゃぶりながら囁いた。右手で左の乳房をねちっこいタッチでまさぐりながら、人差し指の先でしこり立った乳首を軽やかに刺激する。

「はあっ、エッチな声が出ちゃうっ……気持ちがよくて……ああーんっ」

優佳は左右の乳房に異なる愛撫を受けながら、悩ましい呼吸を吐き洩らす。首筋の辺りから漂う香水の香りだけではなく、肉の悦びに目覚めはじめた肢体からほんのりと牝のフェロモンの匂いが立ち昇ってくる。

甘酸っぱい牝特有のフェロモン臭は、牡を興奮させる最高の興奮剤だ。悟志は鼻をすんすんと鳴らすと、その出どころを探った。

その香りは間違いなく、パールホワイトのショーツを着けた下腹部から漂ってくる。

悟志は乳房に吸いついたまま、左手で太腿をゆっくりと撫でさすった。

もちもちとした質感が指先に心地よい。無数の円を描くように指先を操ると、優佳は短い喘ぎ声を洩らし、熟れた曲線美を見せる下半身を揺さぶった。

外腿を撫でていた悟志の指先が、肉質が柔らかい内腿に回り込む。内腿はさらにしっとりとした触感で、弄ぶ指先を魅了するみたいだ。

内腿をゆるゆると撫で回しながら、指先を太腿の付け根へと少しずつ近づけていく。

「ああん、そこは……そこは……だめ……はっ、恥ずかしいっ……」

悟志の指先の動きから、その意図《いと》を察したのだろう。優佳は太腿をきゅっと閉じ合わせようとしたが、もう遅かった。

太腿の付け根に到達した指先が、ショーツに包まれた神秘的な部分をそっとなぞりあげる。そこはすでに甘酸っぱいフェロモンの香りを漂わせていた。

「あっ、ああんっ……そっ、そこは……だめなのに……」

指先が触れた途端、二枚の薄い花びらによって堰き止められていた愛液がとろりと滴り落ちてくる。優佳もうっすらと蜜が滲み出していることは察していたのだろう。

しかし、指先が触れたことによって、信じがたいほどに夥しい蜜がいっきに溢れ出してきた。二枚重ねのクロッチ部分にはあれよあれよという間に、牡を誘惑する香りを撒き散らすシミが広がっていく。それに一番戸惑っているのは、他ならぬ優佳自身に違いない。

処女でもこんなに濡れるんだ……。

悟志は女体の神秘を目の当たりにした気がした。三十路間近の身体は熟れきっていることは理解できるが、男根の挿入どころか、愛撫を受けたことすらない女淫がこんなにも大量の熱い潤みを噴きこぼすとは。

しかし冷静に考えてみれば、それだけ悟志の愛撫に感じている証に他ならない。そう思うと、全身に力が漲る気がした。

「優佳さんって感じやすいんだね。ショーツがエッチなオツユでぬるぬるだよ」

「いやだっ、恥ずかしいわ……わたしのことをいやらしい女だって思う？」

「そんなこと、あるわけがないよ。感じてくれればくれるほど、男だって興奮するんだよ」

「ほっ、本当に……？」

「当たり前だよ。嘘だと思ったの」

優佳の戸惑いを振り払うように、悟志は彼女の右手を摑むとトランクスへと導いた。

「えっ、うそっ……男の人ってこんなに硬くなっちゃうの……」

トランクスの中身の硬さに驚いたように、優佳は指先をかすかに動かした。信じられないというように、悟志の顔をまじまじと見つめる。その表情は決して演技でできるとは思えない。

「女の人が感じれば濡れるのと同じで、男は興奮したらこんなふうにがちんがちんに硬くなるんだよ。そうだね、はじめてだったら驚くよね」

悟志の言葉に、優佳は小さく頷いた。少女のように素直な反応を見せる優佳のことが愛おしく思える。悟志がショーツを脱がせようと指先をかけたときだ。

優佳は恥じらいを露わにするように、桃のような尻を揺さぶった。こんなに感じていても、羞恥心を完全にかなぐり捨てることはできないようだ。逆にそんなところが「ヤラミソ」だと自嘲する奥手な彼女らしく思えた。

「ああん、見られちゃう……恥ずかしいところを見られちゃう……」

「だったら、僕が先に脱いだら恥ずかしくないかな？」

悟志は駆け引きに出た。優佳がトランクスの中身に興味を抱いていることは明らかだ。ならば、先にペニスを剝き出しにすることによって、優佳の羞恥心も和《やわ》らぐかもしれない。その提案に優佳はこくりと首を縦に振った。恥じらいは残しつつも、その瞳の奥には性的な好奇心の炎が揺らめいている。

優佳の熱っぽい視線を感じながら悟志はトランクスを引きずりおろすと、彼女の右手を生身のペニスへと押しつけた。

「ぁっ、先っぽのほうからぬるぬるのお汁が溢れてる。ああん、こんなに大きくて硬いのが……本当にアソコに入るのかしら……」

優佳は驚きを隠せずにいた。幾ら奥手なタイプとはいえ、ネットなどでペニスの画像くらいは見たことがあるかも知れない。しかし、生身の男の身体からにょっきりと突きだした屹立は、平面的な画像とは圧倒的に迫力が違うに決まっている。

「本物を見たら、怖くなっちゃったかな。大丈夫だよ。見てごらん」

悟志は膝立ちになると、仰向けになった優佳の肩の辺りに跨り、隆々と宙を仰ぐ男根を突き出した。

「ほら、ちゃんとじっくりと見て、触ってごらん。これが優佳さんのオマ×コに入るんだよ」

「ああん、オマ×コなんて……」

ストレートすぎる言葉に、優佳は目の前に迫ったペニスに情熱的な眼差しを投げかけた。懊悩の吐息を洩らしながらも、ほっそりとした指先が男らしさを主張する肉柱へと伸びてくる。

鈴口の辺りを遠慮がちにそっと撫でると、尿道の中に溜まっていた先走りの液体が噴きこぼれ、ほっそりとした指先にまとわりついた。優佳は牡汁でてらてらと濡れ光るペニスを右手の指先できゅっと握り締める。

「本当にかちんかちんだわ。指だってこんなには硬くならないのに……。先っぽからどんどんお汁が溢れてきて、なんだかすごくエッチな感じ……」

好奇心に瞳を輝かせながら、優佳はきゅっきゅんとリズミカルにペニスに指先を食い込ませる。男根の硬さと独特の形状が不思議でたまらないみたいだ。処女の指先で刺激されることによって、ペニスはますます硬度を増し、ぐんっと鋭角に反り返った。

肉柱と優佳の顔の距離は十センチもない。吹きかかる吐息の熱さに、悟志の呼吸も乱れている。

「そんなふうに見られて、いじられたら僕だって感じるよ。そう、ゆっくりと上下にしごいてくれないか」

「悟志さんも感じてるの？　どんなふうにすればいいのかしら。オチ×チンをさするようにすればいいの」

言われるままに、優佳はペニスを掴んだ指先を上下にそっと動かした。自身の指先でまさぐるのとは違うソフトな感触に、だらりと垂れさがった玉袋の表面がナメクジが這うときのような妖しい蠢きを繰り返す。

「本当に不思議だわ。見れば見るほど男の人のオチ×チンって……」

「あんまりいじられたら、我慢ができなくなるよ。お願いがあるんだ。ちょっとだけでいいから、オチ×チンを舐めてくれないかな。そうすると、もっともっと硬くなって、優佳さんのことを気持ちよくしてあげられると思うんだ」

「えっ、そんな……」

優佳は躊躇うように、口元を戦慄させた。はじめて見るペニスを舐めて欲しいと言われて戸惑わない女はいないに違いない。しかし、可憐な口元を見ていると、おしゃぶりをされたくてたまらなくなるのだ。

優佳は視線を右へ左へと彷徨わせた後、熟しきる前のイチゴのような色の舌先を伸ばし、カウパー氏腺液をじゅくじゅくと滲ませる鈴口をちろりと舐めあげた。

「あんっ、ぬるぬるで……なんだかエッチな味がするのね」

「気持ちいい、気持ちいいよ。もっと口を大きく開いて、先っぽをぱくって咥えてくれないかな」

親鳥の指示に従順に従う雛鳥の姿に、悟志は大胆すぎるおねだりをした。

「悟志さんったらエッチなんだから……」

優佳は男の心を虜にするような極上の笑顔を浮かべると、左手で前髪を押さえながら、右手で掴んだペニスの先端をゆっくりと口の中に含んだ。

頬をすぼめて口内粘膜を密着させるのではなく、ふんわりとした咥えかただ。それが鮮烈な快感を呼び起こす。

悟志は腰をわずかに前後に振って、生娘《ヴァージン》ならではの口唇愛撫を味わった。身体的な甘美感はもちろんだが、なにも知らない処女にフェラチオをされているという征服欲が快感を何倍にも増幅させる。

このまま柔らかな唇や舌先の感触を味わっていたいところだが、このままでは危うく暴発しかねない。

「今度は僕が優佳さんを気持ちよくさせてあげるよ。身体の力を抜いて」

悟志は優佳の頬をそっと撫でると、彼女の口の中に埋め込んでいた屹立をずるりと引き抜いた。

ベッドの上を膝立ちで移動しながら、仰向けに横たわった優佳の両足を抱え持つと、履いたままだったピンク色のルームソックスを脱がせた。手の指と同じようにすらりとした足の指先には、やや濃いめのピンク色のペディキュアが塗られていた。

悟志は素足になった左足の指先に口元を近づけると、親指と人差し指の間に舌先をずるりと潜り込ませ、ねちっこい舌捌《したさば》きで舐め回した。

「ぁあーっ、だめっ……そんなところはだめよ……汚いわ……ああーんっ、恥ずかしいっ……あっ、あああーんっ」

ヒップをくねらせる優佳の喘ぎが恥辱にまみれたものから、次第に子猫が媚びを売るときのような甘ったれた声に変化していく。気をよくした悟志は左足だけではなく、右の足の指の股にもわざと水っぽい音を響かせながら舌先を絡みつかせる。

「ああんっ、こんな……なんなの……気持ちがよくて……声が出ちゃうっ、エッチな声が出ちゃうっ……足の指がこんなに気持ちいいなんて……。ああんっ、身体がぴりぴりするみたい……はあっ、ヘッ、ヘンになっちゃうっ……」

両足を高々と持ちあげられた格好のまま、優佳は露わになった胸元を両手で隠しながらベッドの上で熟れた肢体を波打たせた。舌使いに呼応するようになまめかしく左右に動く腰の動きは、まるでベリーダンスを踊っているみたいだ。

悟志の舌が足の指から離れると、優佳は切なげな声を洩らし、口元をひくつかせながらどうしてと言いたげな視線を送ってきた。

「言ったでしょう。気持ちよくしてあげるって。優佳さんがチ×ポを咥えてくれたんだから、僕もお返しをしないといけないよね」

優佳の下腹部を覆い隠すパールホワイトのショーツのクロッチ部分には、縦長の濡れジミがくっきりと浮かびあがり、濃厚な牝蜜の匂いを漂わせていた。悟志の指先がショーツにかかっても、優佳は悩ましげな声を洩らしたものの抗おうとはしなかった。

想像もしていなかった足の指先への愛撫に身も心も蕩けきって、全身に力が入らなくなっているようだ。芳醇な匂いを放つショーツを剝ぎ取ると、悟志は優佳の両足を抱えたままベッドの上で腹這いになった。

優佳は胸元を喘がせながら、まぶたをぎゅっと閉じている。その姿は、これから起こることに思いを馳せているようにも見える。

悟志は匍匐《ほふく》前進で肉質が柔らかい太腿の付け根へと進んだ。生まれたままの下腹部には、やや薄めの縮れた毛が逆三角形に生い茂っている。サイド部分をカットしたり、剃りあげていない女丘はいかにも自然な感じだ。ふっくらとした大淫唇にも甘蜜に濡れた恥毛がちらほらと伸びている。

足の指先への口唇愛撫だけで、感受性の強い身体が煮蕩けているのが見てとれる。心身の昂ぶりに、大陰唇からちらりとのぞく肉の花びらがわずかに厚みを増していた。色素が沈着していない花びらは、八重桜のような濃いめのピンク色だ。

花びらの合わせ目に息づく淫核は、恥じらうように薄い肉膜の中にすっぽりと隠れている。どこか奥ゆかしさを感じる媚唇に、悟志は大きく息を吐き洩らした。吹きかかる息の熱さに、優佳は、

「ああんっ……息がかかるだけで……かっ、感じちゃううっ……」

と艶っぽい声を洩らすと、ほっそりとした喉元をしならせた。

悟志は舌先を伸ばし、大淫唇のあわいからちろりと舌先を伸ばした花びらを下から上へと舐めあげた。

お行儀よく重なっている花びらの隙間から、とろっとろの愛液が滴り落ちてくる。それをわざとずずっと淫猥な音を立ててすすりあげると、高々と抱きかかえた優佳の両の足が頼りなげに宙を漕いだ。

悟志は大淫唇と花びらの境目の肉の色が濃い部分に、ちろちろと舌を這わせた。下から上へ、上から下へと何度も何度も往復させるたびに、花びらの隙間から甘蜜が溢れ出してくる。

「いままでオナニーとかはしなかったの？」

悟志は女にとって秘密にしておきたい核心に斬り込んだ。あえて薄膜に包まれた一番敏感なクリトリスには触れないのは、焦らし作戦に他ならない。

恥ずかしすぎる問いかけに、優佳は答えられずにいる。悟志は答えるまでは許さないというように舌先の動きを止めた。優佳はEカップの胸元を喘がせたが、悟志は舌の動きを再開しようとはしなかった。

「んんっ、少しだけ触ったことはあるわ……気持ちいいとは思ったけれど……それ以上は……なんだか怖くって……」

舌先の快感に沈溺していた優佳は、口にするのも憚《はばか》られる女の秘密を切れ切れに口にした。舌先の動きひとつに翻弄される雛鳥が可愛らしくてたまらない。

完膚なきまでに牝の悦びを知らしめてやりたいと思うと、繊細な花びらの上を舞い踊る舌先にも情熱がこもるのを覚える。

「怖いことなんかひとつもないよ。いいかい、ここが一番感じる部分だよ。ここは女の人がヘンになっちゃうスイッチみたいなものなんだ」

言うなり、悟志は鬱血したクリトリス目がけて舌先を突進させた。一番感じるということは一番繊細な部分でもある。舌先は女花から滴り落ちた潤みが強い蜜液にまみれている。

潤みを塗りまぶすようにして、ぷっくりとふくらみきった淫蕾を舌先で軽やかにクリックする。さらに舌先でクリトリスを刺激しながら、右手の人差し指を膣内《なか》にそっと挿し入れて、膣壁を内側から外側に向けてゆっくりと押し広げるように入念にかき回す。

処女膜という言葉はあるが、侵入者を防御するような肉膜があるわけではなかった。男根の受け入れに慣れていない、膣の入り口の肉質が頑ななだけのようだ。

「ああっ、ああんっ……すごいっ……どうにか……なっちゃうっ、わけがわからなくなっちゃうっ……」

優佳はヒップをベッドに沈め、黒髪を振り乱した。ベッドに放り出した両手の指先がベッドパッドをぎゅっと握り締めている。舌先に触れるクリトリスが徐々に大きさを増しているみたいだ。しなやかさを見せる膣の内壁が、人差し指にきりきりと絡みついてくる。

「ひっ、ああっ……身体が……身体が……どっ、どこかに吹き飛んじゃうっ……」

眉間にわずかに皺を刻みながら、優佳は狂おしげに肢体をくねらせた。悟志が抱き抱えた両足はつま先が丸まり、不規則に上下に跳ねている。

「なっ、なに……なにこれ……なにかが……くっ、くる……身体が……くっ、苦しいのに……ああんっ、なにも考えられなくなる……。アソコが、オマ×コがぁ……こっ、これが……これが……イクッて、イクッてことなの……ああっ、イックゥーッ！」

刹那《せつな》の声を迸らせた瞬間、優佳の肢体がベッドの上で大きく弾みあがった。絶頂を迎えた淫唇がびゅくびゅくと妖しく蠢き、舌先を押し返してくる。

「ああんっ……もっ、もう……」

優佳は惚けたような表情を浮かべてベッドに身を預けている。しかし、これで終わりではない。人差し指は挿入したものの、悟志の牡茎はまだ埋め込んではいない。悟志は尾てい骨の辺りに力を漲らせた。

臨戦態勢の悟志は、照準を赤みを増した花びらのあわいに定めた。牡の銃口を花びらの隙間へと慎重にこじ入れていく。膣の入り口のキツさに、悟志は喉を絞って小さく呻いた。

「あっ、ああーっ……」

淫核で迎えた絶頂の余韻に耽っていた優佳の声が裏返る。悲痛な声を聞いては及び腰になりそうだ。悟志は抱き抱えていた両足を解放すると、覆い被さるようにして彼女の唇を塞いだ。

優佳は身体を貫く痛みに耐えるように、悟志の背中を夢中でかき抱いた。

悟志は、こなれていない膣の入り口を押し広げるようにして、ペニスを少しずつ少しずつねじり込んでいく。

「んっ、んんっ……」

身体を内側から引き裂かれるような痛みと闘うみたいに、優佳の口元から苦悶の声が洩れる。悟志は痛みが少しでも和らぐようにと、潜り込ませた舌先を濃密に絡みつかせた。あえて腰を振り動かしたりはせずに、膣肉がほぐれていくのを待つ。

押し寄せる苦痛に千々に乱れていた優佳の呼吸が、徐々に穏やかなものになっていく。変化していくのは呼吸だけではなかった。ペニスを食いちぎらんばかりの入り口の締めつけも少しずつソフトになっていった。

悟志は優佳の反応をうかがい見ながら、肉杭をじりじりと打ち込んでいく。

「ほら、入ったよ。優佳さんの膣内《なか》に僕のチ×ポが入ってるよ」

「はあっ、本当に入っちゃったの……あんなに大きくて硬いのが……あーん、信じられないっ……」

感極まったように言うと、今度は優佳のほうから唇を求めてきた。

ちゅぷっ、ちゅるっ……。口元が奏でる口づけの音色に合わせるように、悟志はゆっくりと腰を前後に振りはじめた。クンニでたっぷりと潤していたせいか、膣内に溢れ返った濃厚な愛液が、ピストン運動を手助けしている。

「こんなに深く入っちゃったよ。もう、痛くない？」

悟志はまじまじと優佳の顔を見つめた。悟志が腰を振るたびに、端正な顔立ちがわずかに歪む。しかし、彼女は努めてツラそうな表情は見せないようにしている。そんなところがいじらしくてたまらない。

処女の膣肉の締めつけは少しずつ悟志のことも追い込んでいく。このままでは長い間は持ちそうにない。ならばと、悟志は男女の結合部の上に息づく、クリトリスへと指先を伸ばした。

ペニスをしっかりと埋め込んだまま、クリトリスでもう一度エクスタシーを迎えさせようという作戦だ。幸いなことにクリトリスは甘蜜まみれだ。悟志はゆっくりと腰を振り動かしながら、クリトリスを指先でリズミカルに刺激した。

「ああん、また……そんなふうにしたら……」

「そんなふうにしたら、クリトリスをいじったらどうなっちゃうんだ？」

「はあんっ、まっ、またイッちゃう……。オマ×コにオチ×チンを入れられてるのに、イッ、イッちゃう……！」

法悦の声を迸らせると、優佳は再び悟志の唇を求めてきた。

「ぐうっ、だっ、だめだよ。そんなにキツく締めつけたら……」

悟志は優佳の後頭部を抱きしめながら、淫嚢がせりあがるような快美感を覚えた。

牡の余裕を見せなければと思っていたが、それも限界だった。処女膣の奥深くにねじり込んだ淫茎の先から機関銃《マシンガン》のような勢いで、白濁液がビュッ、ビュビュビュッと乱射される。

ふたりはベッドに倒れ込んだまま、互いの温もりを感じあった。牡の猛々《たけだけ》しさが収まらない悟志の肉柱は、優佳の膣内《なか》に埋め込まれたままだ。

「あっ、ああん、はじめてなのに……こんなに感じちゃうなんて……」

優佳がぽつりと囁く。

「どうかな、僕たちって相性が合うと思わないか。こういうのも縁だと思うんだ。よかったら、ちゃんと付き合ってみないか？」

悟志は優佳の乳房を鷲摑みにしながら問いかけた。

「ええ、悟志さんにはなにもかも打ち明けちゃってるし。わたしのはじめての相手だし……。わたしでよかったら……」

キスをしてきたのは優佳のほうからだった。まだあどけなさが残るキスを受けとめながら、悟志は、

「よーし、このまま二回戦目に突入するぞぉっ」

と腰を前後に揺さぶった。

「もうっ、悟志さんったらぁ。そんなに激しくしたら、わたし……壊れちゃいそうよ。でも、でも……悟志さんの好きにして……悟志さんの好きにされたいの」

優佳は悟志の背中をかき抱きながら、耳元に唇を寄せ、甘ったれた声で囁いた。

（了）

※本作品はフィクションです。作品内に登場する
団体、人物、地域等は実在のものとは関係ありません。

よろめきお姉さんの男捨離
〈書き下ろし長編官能小説〉
2020年1月15日初版第一刷発行

著者……………………………………………鷹澤フブキ

デザイン………………………………………小林厚二

発行人…………………………………………後藤明信
発行所……………………………………株式会社竹書房
〒102-0072　東京都千代田区飯田橋2－7－3
電　話：03-3264-1576（代表）
03-3234-6301（編集）
竹書房ホームページ　http://www.takeshobo.co.jp
印刷所…………………………中央精版印刷株式会社

定価はカバーに表示してあります。
乱丁・落丁の場合は当社までお問い合わせください。
ISBN978-4-8019-2139-9 C0193